Heinrich von Sybel

Prinz Eugen von Savoyen

Heinrich von Sybel

Prinz Eugen von Savoyen

ISBN/EAN: 9783742895202

Hergestellt in Europa, USA, Kanada, Australien, Japan

Cover: Foto ©Raphael Reischuk / pixelio.de

Manufactured and distributed by brebook publishing software
(www.brebook.com)

Heinrich von Sybel

Prinz Eugen von Savoyen

Prinz Eugen von Savoyen.

Drei Vorlesungen

gehalten zu München im März 1861

von

Heinrich von Sybel.

München, 1861.

Literarisch-artistische Anstalt

der J. G. Cotta'schen Buchhandlung.

I.

Ich erlaube mir, in den nächsten Stunden Ihre Aufmerksamkeit auf den größten Feldherrn und Staatsmann Oesterreich's, auf Prinz Eugen von Savoyen zu lenken.

Den Größten, sagte ich, und meine es im weitesten Sinne. Als Staatsmann überragt er die bedeutendsten seiner Nachfolger, die Kaunitz und Stadion. Als Feldherr steht er nach Zeit und Rang unmittelbar zwischen Gustav Adolf und Friedrich dem Großen. Ein feuriger Held und zugleich ein menschenfreundliches Herz, ein genialer Kopf und ein pflichttreuer Patriot, ein Meister der Politik und ein rechtschaffener Mann. Wo er auftritt, fesselt er die Gemüther an sich; ein geborener Franzose aus italienischem Stamme, zeigt er überall deutschen Sinn und deutsche Art wie nur einer unter Oesterreich's Lenkern; er zählt zu den Geistern, deren Einen be-

1

sessen zu haben, den Stolz eines Volkes auf Jahrhunderte bildet. Auch heute wäre es nur das Un-
geschick des Zeichners, wenn sein Bild nicht unsere
Herzen erwärmte.

Als ich vor einem Jahre an dieser Stelle, die
Zeit unserer Befreiungskriege zu schildern versuchte,
bat ich Sie, nicht im Einzelnen nach Aehnlichkeiten mit
der Gegenwart zu spähen, sich damit den großen histori-
schen Gesammteindruck nicht zu stören, das ruhige histo-
rische Urtheil nicht zu verwirren. Unser heutiger Stoff
liegt ein Jahrhundert weiter rückwärts, in dieser
Ferne leichter zu überblicken, abgeschlossen in sich und
in seinen Consequenzen: so daß das geschichtliche Urtheil über jeden Punkt durch die schlechthin entscheidende Instanz, durch den praktischen, bleibenden Erfolg, unwiderruflich feststeht. Hier kann ich umgekehrt daran erinnern, daß es zum Theile dieselben Fragen sind, welche damals und jetzt die österreichische Politik bewegen. Es sind ähnliche Tendenzen der Regierung, welche vor anderthalb Jahrhunderten dem Prinzen Eugen zu schaffen gemacht, welche
die heutigen Nöthe hervorgerufen, aus welchen das
gewaltige Reich unter dem Antheil Europa's sich eben

hervor zu arbeiten beginnt. Es ist bei uns wohl vorgekommen, daß diejenigen, welche diese Tendenzen tadelten, welche Deutschland nicht in den Strudel derselben fortgerissen wünschten, einer vorgefaßten Abneigung, ja eines blinden Hasses gegen Oesterreich beschuldigt wurden; nun, sie dürfen sich über den Vorwurf beruhigen, wenn sie die Gründe ihres Urtheils von keinem geringern Meister, von keinem schlechtern Patrioten als dem Prinzen Eugen empfangen. Ein alter Römer sagt: man erhält die Staaten durch dieselben Mittel, durch die man sie gründet. Unter den Gründern aber des heutigen Oesterreich steht Eugen in erster Linie und wer die Bewahrung Oesterreichs wünscht, wird Eugen's Haltung zu beachten, seinen Standpunkt zu erfassen, wohl thun.

Nachdem die neuere Geschichte Oesterreichs lange Zeit für Deutschland eine Terra incognita gewesen, sind wir in der letzten Zeit über mehrere Abschnitte derselben in erfreulicher Weise durch äußerst lehrreiche Mittheilungen unterrichtet worden. Dahin gehört auch das Leben Eugen's. Eine Menge seiner militärischen Briefe und Depeschen sind veröffentlicht worden, so daß sich seine Thätigkeit als Feldherr

jetzt mit urkundlicher Genauigkeit feststellen läßt.
Darauf hat, mit unbegränzter Benutzung der österreichischen Archive und mit fleißigem Studium der
gedruckten Literatur, Alfred Arneth eine umfassende
Biographie des Helden herausgegeben, welche über
die Einzelnheiten seines Lebensganges, über sein po-
litisches Wirken, über Oesterreich's Hof und Staat
zu Eugen's Zeit eine Fülle neuen Lichtes verbreitet,
deren Mittheilungen durchgängig auch die Grundlage
meiner Darstellung sein mußten. Das Buch ist mit
rühmenswerther Gründlichkeit und Genauigkeit gear-
beitet, verliert jedoch nicht selten über der Masse des
Details die großen leitenden Gesichtspunkte aus den
Augen, und noch mehr thut der Anschaulichkeit und
Freiheit der Darstellung eine gewisse officiöse Haltung Schaden, mit welcher der Autor so viel wie irgend möglich den Schatten aus dem Bilde zu besei-
tigen sucht, damit aber natürlich auch die individuelle
Lebendigkeit der Gestalten und die sichere Klarheit
des Urtheils verliert. Dies gilt besonders von den
Fällen, wo Eugen und die Regierung entgegenge-
setzter Ansicht waren, und nun ohne Eugen zu tadeln,
die Regierung doch gelobt werden soll. Der Wunsch,

daß aus Eugen's Nachlaß neben den militärischen auch sonstige Correspondenzen veröffentlicht werden möchten, ist also durch Arneth's Werk nur gesteigert. Kürzere Biographien Eugen's haben Hormayr und Hennes geliefert; Kausler's Buch läßt sich nicht empfehlen, weil es sich auf eine Sammlung angeblicher Schriften des Prinzen stützt, die vor 50 Jahren ein Hr. v. Sartori herausgegeben hat, und welche nichts als eine grobe literarische Mystification sind.

Prinz Eugen wurde, genau 150 Jahre vor der Leipziger Völkerschlacht, am 18. Oktober 1663 zu Paris geboren. Sein Vater war ein Sprößling der savoyischen Nebenlinie Carignan, und mütterlicherseits der Erbe der Grafen von Soissons, eines Seitenzweigs des königlichen Hauses Bourbon. Graf Eugen Moritz wurde demnach am Hofe von Versailles als Prinz von Geblüt betrachtet und behandelt; er war ein wackerer Degen, tadelloser Cavalier und braver Camerad, im Uebrigen unbedeutenden Geistes, gutmüthigen Sinnes, anspruchslos und bequem im Verkehr. Damals beherrschte während der Minderjährigkeit des jungen Ludwig XIV. Cardinal Mazarin als allmächtiger Premierminister den französischen Staat,

und ließ aus Rom sieben seiner Nichten zu glänzen=
der Versorgung nach Paris kommen. Der junge
König wuchs im täglichen Verkehre mit diesen Da=
men heran; eine derselben, Olympia Mancini, war
fast genau in seinem Alter, nicht schön, aber lebhaft,
klug und ehrgeizig, und wußte mit dem königlichen
Knaben so gute Spielgenossenschaft zu halten, daß
eine Weile der Hof und Paris von dem Gedanken
erfüllt waren, Olympia werde die Hand Ludwig's
gewinnen, und die junge Dame sich von wetteifern=
den Huldigungen umringt sah. Indessen mußte sie
sich bald von der Unzuverlässigkeit dieser Hoffnungen
überzeugen. Ludwig verlor sein erregbares Herz heute
an eine erfahrene Hofdame, morgen an ein frisches
Gärtnermädchen, und willigte endlich, 18 Jahre alt,
in den Wunsch des Cardinals, sich mit einer spani=
schen Prinzessin zu vermählen. Olympia hatte be=
reits mit verständigem Entschlusse ihre Partie er=
griffen und sich 1657 mit dem Grafen von Carignan=
Soissons verbunden, der durch diese Heirath den er=
giebigen Schutz des Cardinals gewann, Colonel=
General aller französischen Schweizerregimenter, Gou=
verneur der Champagne und Generallieutenant wurde,

und seiner geist= und einflußreichen Gemahlin eine
unbedingte Verehrung zollte. Olympia hatte sich
ihrerseits durch ihren besonnenen Verzicht auf Lud=
wig's Liebe die Freundschaft des Königs bewahrt,
wurde Oberhofmeisterin der Königin, und sah Tag
für Tag den König in stundenlangen Besuchen als
Gast des Hotels Soissons bei sich, welches dadurch
mehrere Jahre lang der Mittelpunkt des höfischen
Prunklebens wurde. Wir wollen noch einen Augen=
blick in diesen Kreisen verweilen, da ihr Zustand in
mehr als einer Hinsicht für den Prinzen Eugen ent=
scheidend geworden ist.

Die Gräfin von Soissons hatte an dem Verhält=
niß zum Könige nicht lange eine ungetrübte Freude.
Obgleich sie selbst nicht eigentlich mehr einen Anspruch
auf sein Herz machte, hielt sie doch von jeder neuen
Neigung Ludwig's ihre Stellung gefährdet und ge=
brauchte dagegen, herrschbegierig wie sie war, alle
Mittel. Gegen die schöne und sanfte Luise La Val=
liere spann sie eine verwickelte Intrigue an, verrieth
sich später in ihrer Leidenschaftlichkeit dem Könige
selbst, und wurde mit ihrem höchst unschuldigen Ge=
mahl für eine Weile in die Provinz verbannt. Bald

nachher begnadigt, erfuhr sie neue und schlimmere
Bedrängnisse durch Luisens Nachfolgerin in der königlichen Gunst, die hochfahrende Frau von Montespan,
welche das von Olympien bekleidete Hofamt selbst
zu besitzen wünschte. Die Gräfin war darüber im
höchsten Grade empört, suchte den Einfluß der Neben-
buhlerin auf jeder Seite zu untergraben und hielt
durch diese Kämpfe mehrere Jahre hindurch den
ganzen Hof in Athem. Für ihr Haus und ihre
Kinder hatte sie bei diesen unaufhörlichen Händeln wenig
Zeit und wenig Interesse; den jungen Eugen, berich-
tet die Pfalzgräfin Elisabeth Charlotte, ließ sie um-
herlaufen, wie einen Galopin. Er war der fünfte
Sohn und deßhalb für die Kirche bestimmt; ehe er
zehn Jahre alt war, hatte er den Titel Abbé von
Savoyen und besaß drei Abteien — nur daß der
Knabe wenig Sinn für diese Ehren zeigte und lieber
als in die Messe auf die Parade ging; ich habe ihn
allezeit versichert, sagt Elisabeth Charlotte, daß er
nicht Abbé bleiben würde. Darüber starb der Graf
von Soissons 1673, und Olympia, jetzt mit der militärischen Neigung Eugen's einverstanden, begehrte,
daß das Kind die Stelle seines Vaters als Colonel-

General der Schweizer erhalte. Aber der König entschied, daß das Amt einem andern Kinde, seinem ältesten Sohne von der Montespan zu Theil werde. Die Gräfin warf ihren Groll über das Fehlschlagen vornehmlich auf den Kriegsminister Louvois und freute sich, diesen durch ein bitteres Nein zu kränken, als er später seinen Sohn mit einer Tochter Olympiens zu vermählen wünschte. Immer heftiger gereizt, immer stärker vom fruchtlosem Ehrgeiz umgetrieben, kam sie endlich auf höchst bedenkliche Wege.

Die sittliche Verdorbenheit des damals ganz Europa überstrahlenden französischen Hofes entlud sich unter Andern auch in einem wüsten Aberglauben. Wenn man heute Tischrücken, Klopfgeister und Psychographen in Bewegung setzt, so las man damals in den Sternen, schaute in magische Spiegel und Glaskugeln, suchte Dämonen und Geister zu beschwören. Die Personen, welche von diesen Dingen Gewerbe machten, hatten außerdem auch die wirksamsten Medicamente auf ihrem Lager, Liebestränke, Teufelselixire, Erbschaftspulver, so daß Paris nicht selten durch das plötzliche Wegsterben ganzer Familien erschreckt wurde Vor allen andern Hexenmeistern hatte eine gewisse Voisin einen weiten, unheimlichen Ruf, und wurde von Damen und Herren des höchsten Adels vielfach consultirt. Sie fiel endlich dem Criminalgericht in die Hände, und nannte demselben von ihren Besuchern unter Andern den großen Marschall Luxembourg, der seine Seele dem Teufel verschrieben hätte, um durch ihn eine Heirathsverbindung mit dem Hause des Kriegsministers zu erzielen, dann aber auch die Gräfin von Soissons, die sie gefragt haben sollte, ob sie einen treulosen Liebhaber, der ein großer Fürst sei, wieder zu ihr zurückzuführen vermöge. Dies reichte nach den damaligen Begriffen dicht an Hochverrath, und schon war der Befehl zur Verhaftung der Gräfin ausgefertigt. Sie sagte: Louvois ist mein Todfeind, er hat die Macht, mich zu verderben; wenn er jemanden wie mich zu verhaften wagt, so wird er das Verbrechen auch vollenden und mich auf das Schaffot bringen; ich ziehe das freie Feld vor und werde mich später rechtfertigen. Sie entfloh nach Brüssel 1680. Ihre Kinder blieben zurück, unbelästigt, aber durch den Sturz der Mutter schwer betroffen. Man wird sich den Eindruck solcher Katastrophen auf Eugen's erregbaren Geist wohl vorstellen können. Schwerlich ist die Annahme richtig, daß Olympia den Sohn zum Hasse gegen den König erzogen habe; sie hat nie ein persönliches Verhältniß zu Eugen gehabt und bis zum letzten Augenblicke nach Ludwig's Gunst gestrebt. Aber die ganze Lage mußte den jungen Prinzen von dem französischen Könige ablösen. Wer so nahe dem Brennpunkte aller Macht und alles Glanzes gestanden, wer in dieser Nähe so heftig von der inneren Fäulniß desselben berührt worden war, mußte für immer von Ehrfurcht und Zuneigung dafür geheilt sein. Auch blieb dem jetzt Siebzehnjährigen selbst kein Tropfen des bitteren Kelches erspart. Nach der Entfernung der Mutter versuchte er mehrmals sich eine Anstellung in der Armee zu erwirken. Louvois aber, seines Triumphes über die Gräfin froh, wies ihn mit voller Brutalität zurück, und König Ludwig selbst erklärte dem kleinen Abbé, er solle bei der Kirche bleiben. Anfang 1683 entschloß sich also der Prinz, einem älteren Bruder in österreichische Dienste zu folgen; als er die französische Grenze überschritt, that er das Gelübde, nur mit dem Degen in der Faust den

Boden Frankreichs wieder zu betreten. Dies Wort, wie jedes andere hat er gehalten.

Er kam nach Deutschland ohne jede bestimmte Aussicht, mit sehr wenig Geld und recht viel Schulden, aber innerlich rein und frei, mit allen Gedanken auf Arbeit, Selbstverläugnung, hohen Ruhm gerichtet. Aeußerlich machte er eine geringe Figur; er war klein, unscheinbar, schwächlichen Ansehens; sein Gesicht war lang und mager, die Nase etwas aufgestülpt, die Oberlippe beträchtlich zu kurz, so daß zwei große Zähne immer sichtbar waren; nur die schwarzen funkelnden Augen kündigten die feurige Seele an, welche den schmächtigen Körper erfüllte. Er kam zur rechten Zeit nach Wien; stürmische Tage waren über die Staaten Kaiser Leopold I. hereingebrochen; in Ungarn hatte Graf Tököly sich gegen die Uebergriffe der kaiserlichen Beamten erhoben und das ganze Land mit den Flammen eines wilden Aufstandes bedeckt, und um das Maaß der Gefahr zu füllen, war ein gewaltiges türkisches Heer auf das Anrufen der magyarischen Rebellen gegen Leopold's weit zerstreute Schaaren in Bewegung. Das deutsche Reich und bald die ganze Christenheit empfand die Erschütterung des gewaltigen Ausbruchs; auf allen Straßen zogen die Colonnen deutscher Hülfsvölker und kampflustiger Freiwilliger zum Kriegsschauplatze; Kaiser Leopold empfing den jungen Fürstensohn mit offenen Armen, ernannte ihn zum Obersten und wies ihn zu der Reiterei des trefflichen Markgrafen Ludwig von Baden. Das Heer, damals erst 35,000 Mann, sammelte sich an der Raab, da aber der Großvezier gerades Wegs auf Wien vordrang, mußte man schleunigst aus Ungarn zurück; am 7. Juli erprobte Eugen in einem Nachtrabgefecht zum ersten Mal seine kriegerische Unerschrockenheit gegen den rasenden Anprall der türkischen Reiterschaaren. Er blieb dann bei der Armee, welche in Erwartung deutschen und polnischen Zuzugs neun lange Wochen hindurch der Belagerung Wiens durch die türkische Uebermacht und Stahremberg's heldenmüthiger Vertheidigung unthätig zusah. Endlich hatten Herzog Carl von Lothringen und König Johann Sobieski ihre Vereinigung vollzogen, und am 14. September erfolgte die glorreiche Befreiungsschlacht, welche für immer das militärische Uebergewicht des Osmanen zertrümmern sollte. Eugen war mit seinen Dragonern unter den ersten, welche durch die dichten türkischen Schaaren sich zum Stadtthore durchhieben, um dann die zerrissenen Linien des Feindes in wilder Flucht aus einander zu treiben. So glänzend hatte er sich hervorgethan, daß noch vor Ablauf des Jahres der Kaiser ihn zum Inhaber des Dragonerregiments Kufstein machte, welches seitdem den Namen des Helden bis auf die Gegenwart fortgeführt hat.

Die Verfolgung der geschlagenen Feinde führte sofort die kaiserlichen Waffen in erfolgreicher Offensive vorwärts nach Ungarn. Seit 160 Jahren hatte dort ein türkischer Pascha von der Feste von Ofen herab zwei Drittel des Landes beherrscht: jetzt endlich 1686, wurde der Platz den Osmanen durch Churfürst Max Emanuel von Bayern mit stürmender Hand entrissen, und bald nachher ein neuer großer Sieg über das türkische Hauptheer am Berge Harsan errungen. Eugen war auch hier mit seinen Dragonern in der Verfolgung des fliehenden Feindes Allen voran; in brausendem Jagen gelangte er an die Verschanzung des türkischen Lagers, wo ein lebhaftes Kanonenfeuer die Nachsetzenden zu hemmen suchte, Eugen aber ohne einen Moment zu verlieren, seine Reiter absitzen ließ,

und dann, er selbst an ihrer Spitze, den Degen im
Munde, mit ihnen die Schanzen erkletterte und die
Niederlage des völlig betäubten Feindes vollendete.
Im Feldzug von 1689 machte darauf Eugen, jetzt mit
25 Jahren zum Feldmarschall = Lieutenant befördert,
wieder unter Max Emanuel den Sturm auf Belgrad
mit, wurde aber gefährlich am Knie verwundet und
gleich nach seiner Heilung auf einen neuen Schauplatz
politischer und kriegerischer Erfolge abgerufen.

Um uns hier zu orientiren, müssen wir einen
Blick auf die damalige Gesammtlage Oesterreich's und
Europa's werfen.

Vergleicht man die Staaten Kaiser Leopold's
mit denen Franz Joseph's, so fehlte jenem Galizien,
der größere Theil von Ungarn, Siebenbürgen, Ve-
netien; er beherrschte also beiläufig die Hälfte des
heutigen Länderbestandes. An Heeresmacht konnte
man etwa ein Sechstel, an Geldeinkünften nicht ein
Zehntel der jetzigen Beträge zusammenbringen:
eine Großmacht also im modernen Sinne des Wortes
war Oesterreich damals noch nicht, sondern sollte es
erst werden. Der Kaiser, der sich trotzdem als den
ersten Potentaten der Welt betrachtete, die höchsten

Ansprüche erhob und die weitesten Entwürfe verfolgte,
erſetzte die territoriale Schwäche einſtweilen durch
mannichfaltige und eigenthümliche Mittel. Er ſtand
in engſter Verbindung mit der ältern Habsburger
Linie in Spanien, er hatte als Schützer und Ver-
ſechter der katholiſchen Kirche einen ſtarken Einfluß
in Rom und dadurch in weiten Kreiſen Italiens, er
verfügte als Kaiſer des römiſchen Reiches über eine
Menge einträglicher Beziehungen in Deutſchland.
Sieht man die Liſte ſeiner Generale durch, ſo iſt es
noch wie in Wallenſtein's Lager, eine Sammlung
aller Nationen, deutſche Reichsfürſten, Wallonen und
Lothringer, ungariſche Edelleute, Spanier und Ita-
liener. Der einheimiſche Adel, bemerkt damals ein
venetianiſcher Geſandter, hält ſich aus dem Staats-
und Kriegsdienſt zurück; er liebt auf ſeinen Gütern
zu ſitzen, zu trinken und zu jagen. Die Lenkung der
Staatsgeſchäfte lag in gleicher Weiſe nur zum kleineren
Theile in den Händen einheimiſcher Miniſter; unaufhörlich drangen in deren Kreis talentvolle und ehrgeizige Emporkömmlinge aus dem deutſchen Reich,
aus Italien oder Spanien, den wichtigſten Einfluß
übten ununterbrochen der ſpaniſche Geſandte, der

päpstliche Nuntius und der Beichtvater des Kaisers.
Die Geschäftssprache war ein mit französischen und
lateinischen Brocken gemengtes Deutsch; am Hofe
und in der kaiserlichen Familie wurde ausschließlich
spanisch und in späteren Jahren italienisch geredet.
Handelte es sich darum, die Kosten eines Krieges
aufzubringen, so lieferte die Steuerkraft des Landes
den geringeren Theil; mit emsigster Sorgfalt schaute
man dafür nach Beiträgen des deutschen Reiches,
spanischen Subsidien, römischen Bewilligungen aus.
Wir sehen, es ist ganz die mittelalterliche Art, die
Ueberlieferung des alten Kaiserthums, welches geringe
Territorialmacht und schwachen Einfluß in Deutschland
besaß, dafür aber den ganzen Erdkreis als die Do=
mäne seiner Macht betrachtete. Noch im 16. Jahr=
hundert hatte Carl V. in diesem Sinne gewaltet und
mit überraschenden Erfolgen Spanien und Italien,
Deutschland und Amerika sich unterthänig gemacht.
Das Machtgebiet Leopold's war ungleich geringer;
aber die Qualität seiner Herrschaft, die Natur seiner
Politik unverändert dieselbe.

Dies zeigte sich nach Innen wie nach Außen.
Eine Regierung, welche ihre Provinzen vor Allem

als den Schemel ihrer dynastischen Weltstellung be=
trachtet, kann unmöglich die Beförderung innerer,
nationaler Wohlfahrt als ihre höchste Pflicht erkennen.
Auch dies ist ganz mittelalterlich: im mittelalterlichen
Staate hatte die Regierung überall keine Organe,
auf den materiellen und geistigen Zustand der Unter=
thanen einzuwirken; und nicht anders stand es in
Oesterreich noch zur Zeit Leopold I. Die Regierung
hatte außer den Geistlichen und Officieren in den
Provinzen fast keine Beamten, als die Erheber der
Steuern und Gefälle. Im Wesentlichen lag Gericht
und Verwaltung in den Händen der Grundherrn,
Schule und Unterricht in den Händen der Kirche.
Daß der Staat für die innere Entwicklung des Landes,
die Eröffnung neuer Erwerbsquellen, die Steigerung
der Cultur etwas thun könne und thun solle, daran
hatte man bisher nicht gedacht. Genug, wenn die
Unterthanen der Kirche ihre Verehrung, dem Aerar
die Steuern, der Armee die Rekruten lieferten.

Nimmt man Beides zusammen, die Vernach=
lässigung der innern Pflege und die Verfolgung der
erobernden Weltpolitik, so begreift man leicht die noth=
wendige Folge, eine permanente Erschöpfung des Lan=

des. Noch im 14. Jahrhundert war der Herzog von
Oesterreich, der sonst kein Land als Oesterreich, Steier,
Kärnthen und Krain besaß, der reichste unter allen
Fürsten Deutschlands gewesen. Seitdem aber Kaiser
Friedrich III. die Anwartschaft auf Burgund und
Ungarn gewonnen, seitdem Carl V. Italien und
Spanien mit den Goldgruben Mexiko's erworben,
war in Madrid und in Wien das Deficit bleibend
und die Insolvenz der regelmäßige Zustand. Kaiser
Leopold bezog aus seinen Kronländern nach den Etats
jährlich 12 Millionen Gulden, in Wirklichkeit aber
kam oft genug nicht die Hälfte in die Casse, und
wenn er freilich für Justiz, Verwaltung, Unterricht
und Kirche sehr wenig verausgabte, so reichte auch
für die übrigen Posten, Hof, Ministerium, Diplomatie und Armee jene schmale Einnahme niemals
aus. Alle Steuererhebung half nichts; die Noth
führte auf den Gedanken, es müsse erst Geld im
Lande sein, ehe es in die Staatscassen gelangen könne,
und so begann man die ersten Experimente in der
Hebung der Landeswohlfahrt, charakteristisch für Gesinnung und Bildung in diesen Dingen, meistens in
derselben Weise, wie man sonst das Goldmachen ge-

2*

trieben hatte, künstliche Projecte, die mit einem Male
Millionen erzeugen sollten, Austernbänke in den Tei-
chen der Wiener Gärten, Maschinen, um aus der Kleie
noch einmal Mehl zu mahlen, Seidenfabriken und
Handelscompagnien, die nach kurzem Bestande zusam-
menfielen. Mit einem Worte, man war und blieb
im Bankerott; man seufzte über dies Leiden jeden
Tag, aber man wußte es endlich nicht anders, und
nahm es hin wie die Kälte im Winter und die Ge-
witter im Sommer. Am Wenigsten ließ sich Kaiser
Leopold dadurch anfechten. Als er im Jahre 1657
den Thron bestieg, war er eben volljährig, von welt-
lichen Neigungen abgewandt, und hatte mit Kummer
der geistlichen Laufbahn entsagt, der er bis zum Tode
seines ältern Bruders bestimmt gewesen. Er war denn
in theologischer Weise wohl unterrichtet, ja hier und da
gelehrt; er war innerlich fromm, der Kirche gründlich ergeben, geistlichen Wesen so günstig, daß er
einem tüchtigen Cleriker alle Fähigkeit zutraute, und
seinen Beichtvater wohl zur Aufsicht und Lenkung
der Generale in das Hauptquartier schickte. Auch
sein eigenes Thun dünkte ihm eine göttliche Mission.
Seine Aufgabe faßte er kurz auf Befestigung der

rechtgläubigen Kirche und Erhöhung des Hauses Habs
burg, und war durchdrungen davon, daß Gott ihn
hiezu sichtbarlich schütze und nur böse Menschen ihn
zu hindern suchten. Bei dieser Grundstimmung war
er durch kein Mißgeschick zu erschüttern, aber auch
durch keinen Erfolg aus der Fassung zu bringen; er
war im Großen unbeugsam in seinen Richtungen,
aber mit zweifelnder Gewissenhaftigkeit stets unent=
schlossen, weitschichtig und mißtrauisch im Einzelnen;
er war gegen die Seinigen ein musterhaftes Familien=
haupt, ein treuer Ehemann und liebevoller Vater, im=
mer aber so durchdrungen von seiner Würde, daß ihn
auch Frau und Kinder stets nur in spanischem Ceremo=
niell sahen. Dann schaute unter der mächtigen schwar=
zen Perrücke das blasse Gesicht mit großer Nase und
breit herabhängender Unterlippe gutmüthig und ernst=
haft aus großen matten Augen heraus: die guten
Unterthanen und befreundeten Mächte fanden ihn
durch und durch wohlwollend, freundlich, und freigebig
bis zur Schwäche; dafür hielt er es auch ehrlich für
Regentenpflicht, gegen jeden politischen Widersacher
ohne Erbarmen zu sein. Die ungarische Krone war
damals noch nicht erblich, die königliche Macht ver=

fassungsmäßig beschränkt, die Protestanten mit be=
stimmten Privilegien versehen, Alles Dinge, die sei=
nen tiefsten Ueberzeugungen diametral zuwider liefen.
Die kaiserlichen Garnisonen im Lande geriethen dann
bald mit den Einwohnern in Streit; 1667 machten
einige Magnaten eine Verschwörung gegen den Kai=
ser, wurden aber verrathen und hingerichtet, und
Leopold nahm sofort davon Veranlassung zu einer
umfassenden Reaction. Die hungarischen Sachen,
schrieb er nach Madrid, seien in gutem statu, ich
will mich aber der occasio bedienen, und in Hungaria die Sachen anderst einrichten; obwolen ich sonst
nit gar bös bin, so muß ich es diesmal per forza
sein, und hoffe bald Alles in gutem Stand zu brin=
gen. Er legte dann eine militärische Gewaltherrschaft
mit Hintansetzung aller Verfassungsrechte über das
Land; die Folge war eben Tököly's Aufstand, der
Einbruch der Türken, die Belagerung Wiens. Der
Kaiser flüchtete nach Linz, von dort nach Passau,
höchst gleichmüthig, denn Gott werde seine Sache
nicht verlassen; er kam nach der Siegesschlacht in
seine Hauptstadt zurück, immer gleich ernsthaft, nun
werde Hungaria in guten Stand kommen. Als dann

Ofen erobert war, begehrte er von dem Reichstage die Gewährung der erblichen Königswürde; er kannte zwar die Abneigung der Mehrheit gegen eine solche Concession, hatte aber auch ein sicheres Ueberredungsmittel. General Caraffa behandelte nämlich mittlerer Weile kriegsrechtlich zu Eperies die Theilnehmer an den letzten Verschwörungen, und setzte die Hinrichtungen in Masse genau so lange fort, bis der Reichstag sich in den kaiserlichen Willen gefügt und das Erbgesetz angenommen hatte.

Inmitten dieser Erfolge fand sich Leopold auf einer andern Seite durch die bedeutendste Gefahr seiner Zeit in Anspruch genommen.

Es gab damals in der politischen Welt keinen schärferen Contrast als zwischen dem lockeren und unbehülflichen Gefüge der österreichisch-kaiserlichen Macht und der straff zusammengefaßten Einheit der französischen Monarchie. Seit dem Tode des Cardinals Mazarin, 1661, hatte König Ludwig XIV., damals zwanzigjährig, die Selbstherrschaft in die Hand genommen und in der ersten Sitzung des Conseils seinen Räthen erklärt, der Premierminister Frankreichs werde fortan er selbst sein. Er war der dritte Re-

gent aus dem vor 70 Jahren in heftigem Bürger=
kriege auf den Thron gelangten Hause Bourbon; er
ergriff die Macht mit der Frische der Jugend, der
eigenen Jugend und der seines Geschlechtes. Er hatte
geistige Fähigkeiten der bedeutendsten Art, er war
unermüdlich, vielseitig, ruhelos; in Prunk und Glanz,
in Genüssen und Ausschweifungen verließ ihn nicht
einen Augenblick der ehrgeizige Gedanken, in Frank=
reich keinen Willen als den seinen, in der Welt kei=
nen als den Frankreichs zu dulden. So hielt er alle
Theile seiner Nation in vollständiger Unterwerfung;
er durchdrang sie, zur Entschädigung für Recht und
Freiheit, mit den Gedanken nationalen Ruhmes, und
indem er ihr gesammtes Dasein für die Zwecke sei=
nes Herrschersinnes zusammen nahm, war er unauf=
hörlich bedacht, durch eine thätige und fürsorgende
Verwaltung ihre Kräfte, ihre Hülfsquellen und Reich=
thümer zu entwickeln und zu steigern. Sein großer
Minister Colbert legte mit eisernem Fleiße den Grund
zu einer allgegenwärtigen Administration und einem
ergiebigen Staatshaushalte; er belebte den Ackerbau,
erweckte Industrie und Fabrikation, sorgte für Han=
del und Colonien, ordnete das Vermögen der Stadt=

gemeinden, baute Canäle und Heerstraßen, veran-
staltete neue Gesetzbücher, war ein langes Leben hindurch den Arbeiten von vier Ministerien gewachsen.
So stieg mit dem Wohlstand der Nation die Einnahme des Staats auf 120 Millionen, das Zehn-
fache der österreichischen, die Flotte war geraume Zeit
hindurch sowohl der holländischen, als der englischen gewachsen, das Landheer konnte auf 200,000
Mann gesteigert werden, während Oesterreich damals
kaum 50,000 zu bezahlen vermochte. Auf solche Mittel
gestützt und jede Rücksicht auf die Rechte Dritter ge-
ringachtend, unternahm Ludwig XIV. Europa von
einem Ende zum anderen in Bewegung zu setzen.
Sein Ehrgeiz war nicht so phantastisch, seine Pläne
nicht so gigantisch, wie hundert Jahre nach ihm jene
des ersten Napoleon; nur das Naheliegende, bleibend
zu Behauptende trachtete er gerade einzuverleiben, im
Uebrigen aber seinen Einfluß so weit zu steigern,
daß nichts in Europa gegen ihn, nichts ohne ihn sich
vollzöge. Weit im Voraus pflegte er seine Ziele
vorzubereiten, jeden Gegner, so viel es irgend an-
ging, vor dem Angriffe zu isoliren, endlich den Streich
wo möglich von entfernter, überraschender Seite her

zu führen. Er selbst war kein hervorragender Feld=
herr, war aber von tüchtigen Generalen umgeben,
und that auch für seine Kriege das Beste durch seine
Staatskunst. Er hatte eine Partei unter den deut=
schen Fürsten, zahlte Pensionen an österreichische und
englische Minister, besaß herrschenden Einfluß im
Stockholmer Cabinet, wußte den Sultan nach seinem
Sinne zu lenken und dem Papste in fortdauernden
Händeln zu imponiren: unabläſſig hielt seine Diplo=
matie den ganzen Erdtheil in Athem, und arbeitete
von den entlegensten Punkten her dem Meister in die
Hände. Da verlor dann Spanien die Franchecomté
und einen Theil von Flandern, Savoyen wichtige
Bergfestungen, das deutsche Reich neben geringeren
Plätzen das herrliche Straßburg. Lange Jahre hindurch
wagte Niemand, ihm gegenüber sich über eine passive, zu=
wartende Vertheidigung zu erheben; der natürliche
und zumeist bedrohte Gegner, Kaiser Leopold, hatte
keinen Sinn dafür, daß sich mit dem mittelalterlichen
und hierarchischen Wesen seines Regiments das mo=
derne Frankreich nicht überwinden ließ; Ludwig sah
Europa zu den Füßen seiner Politik.

Endlich wuchs ihm ein ebenbürtiger Kämpfer in

dem Statthalter Hollands, dem Prinzen Wilhelm
von Oranien heran. Ludwig hatte ihn zuerst mit
einem Vernichtung drohenden Angriff auf Holland
heimgesucht: Wilhelm vergalt den Streich durch die
englische Revolution von 1688, mit der er das französisch gesinnte Haus Stuart aus Britannien ver-
trieb, selbst dort die Herrschaft erlangte, und sofort
Deutschland, Oesterreich, Spanien, Savoyen zum
Bunde gegen den allgemeinen Bedränger aufrief.
Schon überschwemmten die französischen Heere das
Rheinland; für Kaiser Leopold galt es, sich schleunig
und kräftig zu fassen.

Prinz Eugen, zu dem wir hier endlich zurück-
kommen, jubelte auf bei dieser Aussicht. Sein klarer
Sinn, überall von Natur auf das Reale gerichtet,
hatte auch hier keinen Zweifel. Es kam darauf an,
so schnell wie möglich die dringenden Friedensgesuche
der Türken zum Abschluß zu bringen, damit auch in
Ungarn den normalen Friedensstand herzustellen, und
dann alle Kräfte gegen den gefährlichsten Feind zu
vereinen. Der Kaiser aber schwankte. Er mochte
den heiligen Krieg gegen den Islam nicht unterbrechen,
in Ungarn selbst die Waffen nicht aus der Hand

legen; von dem päpstlichen Nuntius bestärkt, entschied er sich für die Führung zweier Kriege neben
einander. Eugen war lebhaft entrüstet: nur ein
Mönch, sagte er, kann solch einen Rath gegeben
haben. Die Folgen zeigten sich bald genug in trau-
riger Weise. Während in Ungarn die Türken die
geschwächten kaiserlichen Heere von Stellung zu Stellung zurückdrängten, vermochte Leopold weder am
Rheine noch in Italien ausreichende Streitkräfte auf-
zustellen. Dazu kam auch hier der gewöhnliche Schaden aller Coalitionskriege, Eifersucht, Eigensinn und
Mißtrauen zwischen den Bundesgliedern. Prinz Eugen
der mit der Führung der kaiserlichen Truppen in
Italien betraut war, und gemeinsam mit Spaniern und Piemontesen unter dem Oberbefehl des
Herzogs Victor Amadeus von Savohen operiren
sollte, hatte denn eine harte, für ihn ganz neue
Schule durchzumachen. Hatte er im Türkenkriege die
frische Kühnheit vor dem Feinde erprobt, so hieß es
jetzt, geduldige Festigkeit und kluge Ausdauer im ge-
spaltenen Hauptquartier bewähren. Der Herzog
wünschte sein Land, der Spanier seine Regimenter
zu schonen; Einer schob die Last des Krieges auf den

Andern, den ächten Eifer des Soldaten hatte nicht
Einer. Eugen aber war nicht zu ermüden, nicht zu er=
bittern. Ueberall setzte er sich selbst und seine Trup=
pen ein, zog die Andern sich nach, wie sehr sie sich
sträubten, ließ sie in Wien Klage gegen sich führen,
daß er aus persönlicher Ruhmsucht, ohne das Blut
der Armee zu sparen, immer nach Kämpfen trachte.
Wohl wurde er von Wien her wegen dieser Angriffe
gewarnt; er antwortete: laßt sie reden was sie wol=
len, mir kommt es auf keine Verläumdung, sondern
auf meine Pflicht an. So hatte er einmal 1691 die
Genugthuung, einen scharfen Angriffszug auf fran=
zösisches Gebiet zu vollführen und damit sein Jugend=
Gelübde stolz zu erfüllen; bald aber setzte sich der
Herzog Victor, des ergebnißlosen Kampfes müde,
mit Frankreich in eine geheime Unterhandlung, und
obwohl Eugen, dessen scharfer Blick nicht lange zu
täuschen war, dem Kaiser sogleich den Rath ertheilte, mit
aller Energie auf den treulosen Bundesgenossen selbst
zu fallen, so überwog in Wien doch eine friedfertigere An=
sicht, und im October 1696 wurde von allen Mäch=
ten die Neutralität des gesammten Italien festgestellt.
Zum Glücke Europa's hatte in den Niederlanden und

im Seekriege die unerschöpfliche Kraft König Wil=
helm III. durch wunderwürdige Anstrengungen bessere
Erfolge herbeigeführt; als der neunjährige Krieg end=
lich durch den Rhswicker Vertrag beendigt wurde,
war Ludwig XIV. nicht gerade besiegt, aber sein
Vordringen gehemmt, seiner europäischen Offensive
nachdrücklich Einhalt gethan.

Ganz unmittelbar war die Rückwirkung dieses
Ergebnisses auf den europäischen Osten. Nachdem
der Krieg in Italien zur Ruhe gekommen, entschloß
sich Kaiser Leopold, die seltene Begabung des Prin=
zen Eugen zur Beendigung des langwierigen türkisch=
ungarischen Kampfes zu verwerthen, und so sah sich
zum ersten Male Eugen in voller Selbstständigkeit,
weder durch hadernde Bundesgenossen noch durch
unfähige Vorgesetzte gehemmt, einer großen Aufgabe
gegenüber. Allerdings, er fand hier Anlaß genug,
seine Kräfte zu erweisen. Wie hatten sich seit der
siegreichen Erstürmung Belgrads die Dinge in Un=
garn geändert! Während die Venetianer Morea,
die Russen Asow erobert, hatten die Kaiserlichen Ver=
lust auf Verlust erlitten. Sie waren aus Serbien
verdrängt, Belgrad von den Türken wieder genom=

men, der Banat von Temesvar vollständig, Croatien
und Slavonien zur Hälfte in der Hand des Feindes.
Siebenbürgen wurde von der Moldau her bedroht,
in Oberungarn rührte sich die magyarische Rebellion
auf's Neue, durch Entsendungen nach all diesen ge=
fährdeten Punkten war das Haupttheer bei Esseck bis
auf 30,000 Mann geschmolzen. Und in welch trau=
riger Verfassung fand Eugen selbst dort die Ange=
legenheiten. In dem Heere, schrieb er mit fast nai=
ver Wendung dem Kaiser, gibt es zwar sehr viele
Krankheiten, dafür aber sehr wenig Geld. Alle Re=
gimenter waren in Soldrückstand, die Cassen leer,
die Soldaten in Hunger und Entblößung. Die Ver=
pflegung war äußerst ungenügend, Brod war für
zwei Wochen, Fourage für wenige Tage vorhanden,
alle Märsche von den Flüssen hinweg in das Bin=
nenland schienen durch die Unmöglichkeit der Ernäh=
rung verboten. Bei dieser Lage waren die Truppen
in höchst niedergeschlagener Stimmung. Als Eugen
im Lager bei Esseck ankam, der kleine häßliche Mann
in schlichtem braunem Rocke mit gewöhnlichen Mes=
singknöpfen, meinten die Soldaten: der Capuziner
wird den Türken auch nicht viele Haare ausraufen.

Bald aber wurden sie inne, welch eine Fülle des Lebens nach allen Seiten von diesem Capuziner aus-
ging. Ohne einen Augenblick zu verlieren, ergriff
Eugen mit sicherer Hand die Führung. Etwas Geld
brachte er mit sich, mit unsäglicher Mühe setzte er leidliche Organisirung der Zufuhr durch; der Soldat
fand sich erfrischt und den Feldherrn voran bei jeder
nöthigen Entbehrung und Strapaze. Indeß eilten
Eugens Befehle nach Croatien, dem Oberlande, Siebenbürgen, um alle detachirten Truppen auf das
Schleunigste zum Hauptheere heranzuziehen. Die
Provinzen mochten sehen wie sie sich für den Augenblick deckten; das Wichtige war, alle verfügbare Kraft
an der entscheidenden Stelle zu vereinen, hier den
feindlichen Herrscher zu schlagen, und damit das
Schicksal des gesammten Kriegsschauplatzes zu be-
stimmen. Von dem Feinde wußte man, daß seine
zahlreichen Schaaren sich in Nissa sammelten, und sich
bereits von dort nach Belgrad zu ergießen begannen, wo
dann Sultan Mustafa persönlich den Oberbefehl zu
übernehmen gedachte. Von dort konnte er entweder im
Süden der Donau stromaufwärts rückend einen Angriff auf Peterwardein eröffnen, oder aber den Strom

überschreitend, sei es nordwärts gegen Oberungarn, sei es ostwärts gegen Siebenbürgen sich wenden. Eugen vermuthete das Letzte, mußte aber auf jeden dieser Fälle gefaßt sein, und vor Allem eine Stellung suchen, wo der Feind ihn nicht von den heranziehenden Verstärkungen trennen konnte. Mit dem Blicke des ächten Kriegergenies erkannte er das Kühnste als das Sicherste, und führte sein schwaches Heer dem Feinde hart auf den Leib nach Kobila, im Norden der Donau zwischen Peterwardein und Belgrad, wo er zugleich jene Festung und die Straße nach Oberungarn deckte und im Nothfalle auch zum Marsch nach Siebenbürgen bereit war. Die Truppen waren electrisirt durch die Keckheit, mit der sie dem Feinde unter die Augen traten; Eifer, Kampflust, Disciplin stellten sich an der frischen Energie des jungen Führers mit erstaunlicher Schnelligkeit her. Man war wenige Tage in Kobila, als Eugen seine Ansicht bestätigt fand, indem die Nachricht einlief, daß der Sultan bei Pancsowa die Donau überschritten habe, und gegen Norden ziehe. Darauf rückte auch Eugen ohne Zaudern an die Theiß, und marschirte den Fluß hinauf ebenfalls nach Norden, den heraneilenden

Truppen von Oberungarn und Siebenbürgen entgegen, mit denen er dann seine Vereinigung bei Kanisa
und Zenta glücklich vollzog. Indeß auch sein Gegner
war kein verächtlicher Schachspieler. Während Eugen
ihn in vollem Marsche auf Temeswar vermuthete,
hatte sich in seinem Rücken der Sultan plötzlich
westwärts gewandt, und sein Heer. in raschem
Uebergang bei Titel auf das rechte Ufer der Theiß
gebracht, als wenn er sich nun doch auf Peterwardein zu stürzen gedenke. Dieser wichtige Platz
mußte um jeden Preis gedeckt werden; die Lage
schien mißlich, dann der Feind stand jetzt zwischen der bedrohten Festung und dem kaiserlichen
Heere; Eugen aber, wohl wissend, was er bereits
seinen Truppen zutrauen konnte, beschloß auf alle
Gefahr hin an dem feindlichen Lager vorüber in
seine alte Stellung bei Kobila zurückzukehren. Es
galt einen achtzehnstündigen Marsch über die völlig
wasserlose Haide, ohne Unterbrechung, ohne Lösung
der Glieder, in stets geschlossener Schlachtordnung,
da man den halben Tag hindurch das türkische Heer
in dichtester Nähe hatte und jeden Augenblick den
Stoß desselben in die linke Flanke gewärtigen mußte.

Aber die Haltung der Truppen war so trefflich,
Eugens Anordnungen so zweckgemäß; die Kühnheit
des Marsches schüchterte den Gegner so völlig ein,
daß man ohne irgend einen Unfall Kobila erreichte.
Mustafa sah, daß Peterwardein seinem Griffe ent-
zogen war, dafür lagen jetzt die Straßen nach Norden
und Osten seinen Schaaren offen — vorbehalten
natürlich für Eugen, dem einbrechenden Feinde dann
die Verbindung mit der Heimath abzuschneiden und
so den Rücken desselben vernichtend zu bedrohen.
Der Sultan nahm dies nicht so genau; wenige Tage
nachher war er in vollem Marsche die Theiß hinauf;
seine Reiter erfüllten weithin das Land mit Brand
und Verwüstung und verbreiteten ringsum den
Schreckensruf, daß der Angriff der schwachen Feste
Szegedin gelte, wo die Hauptmagazine und Arsenale
Eugens angehäuft waren. Schon aber hatte auch
Eugen sich erhoben, dem Feinde in eiligem Zuge zu
folgen; die Soldaten jubelten in der Aussicht auf
eine Schlacht, die bei der jetzigen Stellung die höchsten Erfolge versprach; unablässig, mit allen Kräften
von Roß und Mann ging es vorwärts von früh
Morgens bis spät in die Nacht, um an den Feind

zu kommen. In der Frühe des 11. September
brachten die streifenden Husaren einen türkischen
Pascha gefangen ein; Eugen examinirte ihn gleich
bei fortwährendem Marsche, bedrohte ihn mit sofor=
tiger Enthauptung, wenn er nicht die Wahrheit sage,
und erfuhr nun, daß der Sultan bei Zenta Halt
gemacht, den Angriff auf Szegedin aufgegeben und
wieder eine neue Wendung, dieses Mal nach Osten
gegen Siebenbürgen, beschlossen habe. Es sei deshalb
eine Brücke über die Theiß geschlagen, die Reiterei
passire eben den Fluß, das Fußvolk sei beschäftigt,
zur Deckung des Uebergangs eine Schanze zu ziehen.
Auf der Stelle befahl Eugen, die Schlachtordnung zu
bilden und den Feind inmitten seines Uebergangs zu
fassen. Mit höchster Schnelligkeit eilte man voran;
am Mittag hatte man den Halbkreis der feindlichen
Verschanzung vor sich, sah die lange Reihe der türkischen
Reiter und Kanonen fort und fort über die Brücke defili=
ren und formirte ohne Aufenthalt die Angriffscolonnen
unter einem heftigen Geschützfeuer von hüben und
drüben. Eugens Falkenblick hatte im ersten Momente
wahrgenommen, daß am nördlichen Ende des Lagers
der Fluß eine langgestreckte Untiefe zeige; vor Allem

hierhin warf er eine starke Abtheilung unter Guido Stahremberg, welche durch das Wasser watend, die Schanzen umging, die Vertheidiger derselben im Rücken faßte und dann mit den Fliehenden im raschen Laufe die Brücke erreichte. Indeß hatte der Kampf auf allen Punkten der Verschanzung mit rasender Wuth begonnen; die kaiserliche Reiterei saß in Masse ab und stürmte gemeinsam mit dem Fußvolk; da ging plötzlich der Ruf durch das Lager, die Brücke sei genommen, der Rückzug abgeschnitten und Alles verloren. Eine furchtbare Verwirrung erfolgte; nirgend waren die Janitscharen länger im Gliede zu halten; die einen stürzten sich auf Stahrembergs Bajonette, die andern in die sumpfigen Fluthen der Theiß; noch Andere erschlugen erst ihre Officiere und warfen sich dann in den letzten Todeskampf gegen die überall hereinfluthenden Schaaren der Deutschen. Pardon wurde nicht gegeben noch genommen, 20,000 Türken mit der blanken Waffe erschlagen, 10,000 in den Fluß gesprengt, das ganze Fußvolk des Feindes bis auf 2000 vernichtet. Fünf Veziere, dreizehn Paschas, 53 Agas und Beis waren unter den Todten, sieben Roßschweife, 87 Ka-

nonen, 62 Pontons, die türkische Kriegscasse, das
große Siegel des Sultans, eine Menge Proviant,
Munition und Waffen erbeutet. Eugen hatte die
Genugthuung, am 13. ein kaiserliches Schreiben zu
erhalten, das ihn zu einer Feldschlacht ermahnte, er
konnte melden, daß bereits mehr, als irgend zu hoffen gewesen, vollbracht sei. Den tapfern Heldengeist
der gesammten Armee, schrieb er dem Kaiser, kann
meine schwache Feder nicht genugsam entwerfen, noch
weniger sattsam loben und preisen, das muß ich als
ihr geringes Haupt zu ihrem unsterblichen Nachruhm
attestiren. Ueber sein eigenes Verdienst kein Wort.

Sultan Mustafa hatte die Vernichtung seines Heeres
vom andern Ufer jammernden Herzens angesehen und war
dann, von allen Kriegsgedanken geheilt, nach Hause ent-
ronnen. Gleich nachher begann er den Frieden zu unter-
handeln, der nach langem Hin= und Herfeilschen auf der
Grundlage des augenblicklichen Besitzstandes 1699 zu
Carlowitz geschlossen wurde. Die Venetianer behielten
Morea, der Kaiser, mit Ausnahme des Temeswarer
Banates, ganz Ungarn und Siebenbürgen. So war
nach fünfzehnjährigem Ringen aus tiefster Bedrängniß ein großer Triumph, ein mächtiger Landgewinn,

ja man kann wohl sagen, eine neue Weltstellung für
Oesterreich hervorgegangen. Die Monarchie war um
ein Drittel des bisherigen Bestandes vermehrt; sie
war durch die Erwartung des türkischen Ungarn und
die Erblichkeit der ungarischen Krone zur europäischen
Großmacht geworden. Fortan hätte man die Mittel
gehabt, um allein mit der eignen Kraft ein volles
Gegengewicht für Frankreich zu bilden. Es hätte
dazu die Einrichtung einer productiven Verwaltung,
Steigerung der Finanzkraft und Herstellung eines
festen Rechtszustandes gehört. Leider konnte sich Leopold
dazu nicht entschließen. Vor allem war in Ungarn
keine Rede von Beobachtung der Gesetze und der
Verfassung; der Steuerdruck wuchs ohne Vermehrung
des Wohlstandes; in allen Classen des Volkes kochte
verborgene, glühende Erbitterung. Der Kaiser nahm
davon keine Notiz und hatte keinen Begriff von den
unausbleiblichen Folgen seines Systems. Seine Garnisonen bedeckten das Land; seine Einnahmen sollten
von 12 auf 14 Millonen steigen; Ketzer und Rebellen
durften sich nicht rühren und somit schien ihm Jeg-
liches in bester Ordnung zu stehen.

Jn dieser Verfassung ging der Kaiser einer

weiteren europäischen Krisis entgegen, welche, seit
dreißig Jahren heranrückend, jetzt allmälich den gesammten Horizont des Welttheils mit ihren Wolken
erfüllte. In Spanien ging der Mannsstamm der
dort herrschenden Habsburger Linie zur Neige; wenn
er ausstarb, handelte es sich um ein Erbe, wie die
Erde niemals ein ähnliches gesehen, um die Kronen
von Castilien und Aragon, die Herrschaft in Belgien,
in Mailand, Neapel und Sicilien, in den unabseh-
baren Gebieten beider Indien, Mittel- und Süd-
Amerika's. Die Welt war seit Jahren erfüllt von
der spannenden Frage, welcher Nachfolger einst diese
Fülle der Macht aus der Hand des hinsiechenden
König Carl erhalten würde. Es lag in der Natur
der Dinge, daß sehr verschiedene Ansprüche und Gesichtspunkte sich geltend machten. Die älteste Schwester
König Carl war, wie wir sahen, mit Ludwig XIV.
vermählt; es war jedoch in einem feierlichen Staats-
vertrag zwischen beiden Reichen ihr Verzicht auf die
Erbfolge ausgesprochen worden. Es dauerte aber
nicht lange, so fand Ludwig, daß ein solcher Verzicht
juristisch null und nichtig sei. Die monarchische Erbfolge sei wie die Monarchie überhaupt eine Einrichtung

von Gott selbst; daran könne ein Mensch nichts
ändern, und durch eine Verzichtleistung nicht sich selbst,
geschweige denn seine Kinder der von Gott ihnen zu=
gewiesenen Rechte berauben. Mit diesen Ansprüchen
trat er vor Allem dem Kaiser Leopold entgegen. In
Wien betrachtete man sich stets als den natürlichen
Erben der Madrider Vettern; auch Leopold hatte
sich mit einer Schwester König Carl's vermählt, und
ein Testament König Philipp IV. lag vor, welches
beim Erlöschen des Mannsstammes die spanische
Krone in erster Linie dieser jüngsten Tochter, nach
derselben ihren Nachkommen, in deren Ermanglung
aber dem Kaiser Leopold vermachte. Die Kaiserin
hatte nun eine Tochter, deren Hand Leopold dem
bayerischen Max Emanuel bewilligte, aber nur unter
der Bedingung, daß beide auf jeden spanischen Erb=
anspruch verzichteten, und somit Leopold selbst in dessen
Besitz einrückte. Allein auch hier mußte dann der
Kaiser dieselbe Erfahrung wie bei Ludwig XIV.
machen.

Als dem Churfürsten 1692 ein Sohn geboren
wurde, rührte ihn das Gewissen, daß er das Kind
durch einen unrechtmäßigen Verzicht seines gottgeorb=

neten Erbes nicht berauben dürfe, und überall in
Wien und in Madrid, in Paris und London meldete
er seine erneute Forderung an.

Der Streit der drei Prätendenten wurde weiter
verwickelt durch einen andern Gegensatz. Dem spanischen Volke, welches in Bezug auf fürstliche Per-
sönlichkeit durch die letzten Habsburger nicht eben
verwöhnt war, galt es ziemlich gleich, wer sie künftig
beherrschte, wenn nur ihr König in Madrid residire
und das ganze Reich ungeschmälert beisammen halte;
ihre vorwiegende Neigung ging auf einen jüngern
französischen Prinzen, der sich des Schutzes des mächtigen Ludwig zur Vertheidigung des Erbes erfreuen
werde. Umgekehrt hatte König Wilhelm von England,
damals der ächte Schiedsrichter Europa's und der
Hort des politischen Gleichgewichts, vor Allem die
Sorge, daß durch das spanische Erbe nicht die Macht
eines bereits starken Geschlechts, heiße es nun Bourbon
oder Habsburg, zu erdrückendem Uebermaaß gesteigert
werde: sein Wunsch ging also auf eine Theilung der
Monarchie, etwa in der Weise, daß der bayerische Prinz
den Hauptstamm, Spanien, Belgien und die Colonien,
Oesterreich das alte Reichslehen Mailand, Frankreich,

Neapel und Sicilien erhalte. Es gelang ihm, für diese Auffassung zuerst Holland und dann Ludwig XIV. selbst zu gewinnen, der doch einige Sorge vor neuen Kämpfen, neuen Coalitionen empfand: ein Theilungs= vertrag jenes Inhalts wurde von den drei Mächten unterzeichnet. In Madrid war man über solche fremde Einmischung etwas verdrießlich, ließ sich aber so weit auf Wilhelm's Standpunkt ein, daß der König jetzt den bayerischen Prinzen seinerseits zum Erben ernannte, allerdings zum Erben nicht eines Theiles, sondern der ganzen Monarchie. Desto heftiger pro= testirte Kaiser Leopold, zeigte dem Churfürsten fortan die bitterste Feindseligkeit und erklärte, sein Recht auf das Aeußerste behaupten zu wollen. Gleich nachher starb der junge Prinz an den Pocken; alle Welt er= zählte, der Kaiser habe ihn vergiften lassen, und ob= wohl keine Anklage weniger erweislich oder wahr= scheinlich ist, so war leider der Churfürst in seiner gereizten Stimmung von ihrer Richtigkeit überzeugt und von leidenschaftlichem Durst nach Rache erfüllt. Auf's Neue aber setzte der jähe Todesfall die englische Diplomatie und den spanischen Hof in Bewegung. Noch einmal brachte Wilhelm einen Vertrag mit Ludwig

zu Stande, nach welchem die spanische Krone an des
Kaisers jüngsten Sohn Carl, dafür aber an Frankreich
außer Neapel und Sicilien noch das Herzogthum
Lothringen fallen sollte. Der Kaiser protestirte auch
hiegegen, den lebhaftesten Sturm aber rief dieses Mal
der Vertrag in Madrid hervor. Die Königin, eine
stolze und erregbare Dame, war außer sich, daß die
Fremden, daß vollends die ungläubigen Engländer
über spanisches Land verfügen wollten; sie zerbrach
im Zorne die Tasse auf ihrem Tisch, den Spiegel
in ihrem Zimmer; der Adel stimmte ein, das sei die
Folge davon, daß man nicht von jeher den bourbonischen
Anspruch anerkannt, und dadurch Ludwig XIV. für
die Integrität der Monarchie gewonnen habe. Sie
bestürmten den König um die Wette, Ludwig's jüngern
Enkel als Erben einzusetzen, und damit die Zerreißung
der Monarchie zu verhüten. Der ohnmächtige Carl
schwankte lange in grausamen Zweifeln; endlich griff
er, ganz im altspanischen Sinne, zu der Auskunft,
die Entscheidung in eine höhere, geweihte Hand, in
die Hand des Papstes zu legen. Er erbat sich also
ein Gutachten, welches vielleicht über die Zukunft
Europa's entschied, von Innocenz XII., einem Greise,

der wie Carl an seiner letzten Krankheit siechte, und das Herannahen des Todes in allen Adern fühlte. In Rom war damals aber Ludwig XIV. als Verfolger der Jansenisten und der Calvinisten hoch angesehen, und der Papst gab sein Gutachten unumwunden für den allerchristlichsten König. Hierauf säumte Carl nicht länger, sondern vollzog das Testament, welches den jungen Philipp von Anjou zum Gesammterben einsetzte; vier Wochen später starb er, am 1. November 1700. Ein unbedingter Jubel in ganz Spanien begrüßte seinen letzten Willen.

Ludwig schwankte einen Augenblick, im Gedanken an den kurz vorher unterzeichneten englischen Vertrag. Sollte er fest an diesem seinen Worte halten, damit dem französischen Staate einen sehr realen Gewinn zuwenden, und sich für immer den unschätzbaren Beistand Wilhelm III. sichern? Oder aber, sollte er handeln, wie er bisher bei jedem Anlaß gehandelt, den winkenden Vortheil für seine Dynastie ergreifen, der Weltbeherrschung nachtrachten, ohne Rücksicht auf die Verträge, auf die Gefahren Frankreichs? Er erwog drei Tage lang, dann entschied er sich nach seiner Weise, für die Annahme des Testaments.

Der junge Anjou wurde als König Philipp V.
von Spanien begrüßt, eilte nach Madrid, und fand
in allen seinen Landen bereitwillige Anerkennung.
In Deutschland trat mit verhängnißvollem Eifer
Churfürst Max mit Cöln und Wolfenbüttel zu dieser
Partei, in Italien schlossen sich außer dem spanischen
Mailand und Neapel auch Savoyen und Mantua an.
Um Ludwig schaarten sich also Spanien, Italien,
Belgien, Bayern; er selbst stellte 200,000 Mann
auf; von solchen Streitkräften umgeben, auf solche
Alliirte gestützt, von dem Beifall der römischen Curie
getragen, meinte er den Widerspruch der sonstigen
Welt verachten zu dürfen.

In Wien langten diese Hiobsposten Schlag auf
Schlag an, begleitet von der Kunde, daß unter den
deutschen Reichsständen geringes Interesse für so ent=
legene Fragen erscheine, daß das englische Parlament
kein anderes Wort als Frieden und Neutralität habe.
Der Kaiser war tief erschüttert, wollte sein Recht
nicht aufgeben, sah keinen Ausweg, suchte sich durch
unaufhörliches Gebet zu stärken. Die Minister stimm=
ten für Nachgiebigkeit, man habe etwa 86,000 Mann
feldtüchtiger Truppen, nach den letzten Opfern kaum

so viel Geld, um 15,000 Mann zu besolden, auf
allen Seiten Gegner und nirgendwo Alliirte, wie sei
es möglich, damit jener furchtbaren Coalition den
Handschuh hinzuwerfen? Der einzige Mensch, der
in dieser Lage das Haupt hoch aufrecht trug, und
muthige Entschlüsse forderte, war Prinz Eugen. Er
meinte, wer zaghaft auf den Vorgang zaghafter Ge=
nossen warte, möge sogleich auf Erfolg und Größe
verzichten; wer unerschrocken sein Recht verfolge, werde
bald sich auch Alliirte erwerben. Man will, rief er,
Mailand und Brüssel ohne Schwertstreich den Bour=
bonen überlassen? nun, so erkenne Deutschland nur
sofort die französische Oberherrschaft an, denn ein
Schlimmeres kann auch nach dem unglücklichsten Kam=
pfe nicht eintreten. Er forderte kühnen Angriff im
Namen des guten Rechtes, welches den Arm seiner
Vertheidiger stärken werde. Auf den Straßen Wiens
rief das Volk nach Kampf und Rache; der Kaiser
entzündete sein Herz an Eugen's Feuer und entschied
für den Krieg.

II.

Den Angriff auf das gesammte, von einem Wil=
len gelenkte romanische Europa eröffnete Oesterreich
im Frühling 1701, mit leeren Cassen, 80,000 Sol=
daten, für den Augenblick ohne einen Bundesgenossen,
außer dem einen Churfürsten von Brandenburg, dem
Leopold die langersehnte Annahme des Königstitels
von Preußen gegeben, und dafür ein Hülfscorps von
10,000 Mann tüchtiger Truppen erhalten hatte. In
Südtyrol sammelte der Kaiser ein kleines Heer von
30,000 Mann, an deren Spitze Prinz Eugen sich
nach Italien wenden und dort die französischen Ne=
benlande dem Feinde entreißen sollte. Mit bedeuten=
der Uebermacht bewachte dagegen Marschall Catinat an
der Etsch alle Alpenpässe und hielt die Ausgänge des
Gebirges so fest geschlossen, daß niemand an die Mög=
lichkeit glaubte, Eugen könne mit seiner schwachen
Schaar diese Schranken durchbrechen. Er selbst gab
es nach rascher Besichtigung auf, eine der Heerstraßen

zu forciren, und entschloß sich dafür zu einem Alpen=
marsche nach dem Muster Hannibals. Von Rovereto
aus wandte er sich südostwärts in das Thal von
Chiesa, und nun ging es auf steilen Fuß= und Saum=
pfaden bergauf, die Reiter ihre Pferde einer hinter
dem andern führend, jedes Geschütz mit 20 oder 30
Ochsen bespannt, die Truppen unaufhörlich beschäf=
tigt, den Weg dafür durch Wald oder Gesteine durch=
zuhauen. Eine Menge Geräth ging auf dem kühnen
Zuge zu Grunde, aber die Hauptsache gelang, und
nach vier Tagen stand das Heer ohne erhebliche Be=
schädigung auf venetianischem Boden, und nach kurzer
Rast wandte sich der Prinz gegen die von Catinat
sorgsam besetzte Linie der Etsch. Catinat, schon durch
den Alpenübergang auf das Höchste überrascht, rech=
nete jetzt auf einen Angriff bei Verona; wieder aber
täuschte ihn Eugen, indem er ohne Halten stromab=
wärts nach Süden zog, bei Castelbaldo die Etsch
passirte, eine Schaar selbst den Po überschreiten ließ,
und dadurch ganz Modena mit dem Schrecken sei=
ner Waffen erfüllte. Catinat, völlig im Unklaren
über Eugen's Angriffsplan, verzettelte sein Heer von
Rivoli bis zum Po; Eugen hatte nichts Anderes be=

absichtigt, und griff nun mit unaufhaltsamer Ener=
gie das feindliche Hauptcorps bei Carpi an, warf es
in blutiger Niederlage über den Haufen, und trieb
so den Gegner zuerst über den Mincio, dann auch
über den Oglio zurück. König Ludwig zürnte höch=
lich über diese Verluste, verstärkte sein Heer bis auf
60,000 Mann und gab dem alten und trockenen Sol=
daten, dem Marschall Catinat, den liebenswürdigsten
und unwiderstehlichsten Cavalier seines Hofes, Ville=
roy, zum Nachfolger. Dieser meldete dann auch
gleich nach seiner Ankunft, er habe viel mehr Trup=
pen, als er bedürfe; seine Zuversicht wuchs, als
Eugen mit plötzlich verwandelter Haltung sich hinter
dem Oglio bis an die Zähne verschanzte und unbe=
weglich geschlossen in vorsichtiger Ruhe verharrte.
Siegessicher und tumultuarisch drängte Villeroy ge=
gen Eugen's Schanzen heran, wurde aber sofort bei
Chiari mit zermalmenden Schlägen abgewiesen. Eu=
gen beherrschte die östliche Hälfte der Lombardei seit=
dem vollkommen; überall erhob sich die thätige Sym=
pathie der Bevölkerung für seine Sache, und der dop=
pelt überlegene Villeroy vermochte nicht das Min=
deste gegen ihn auszurichten.

Unterdessen hatte sich nicht minder glänzend als Eugen's kriegerisches Genie auch seine politische Voraussicht bewährt. Immer mehr Elemente erhoben sich, das Eis einmal gebrochen, in Europa gegen die französische Uebermacht. Ende 1701 war es sicher, daß außer Bayern und Cöln ganz Deutschland zum Kaiser stehen würde. Dänemark stellte 6000 Mann Hülfstruppen, die niederländischen Generalstaaten wurden durch König Wilhelm gewonnen, und nur das englische Parlament hielt noch zurück: als in hochmüthiger Verblendung Ludwig XIV. selbst seinen Gegnern zu Hülfe kam und, um seinen zähesten Feind zu kränken, bei dem Tode des vertriebenen König Jakob Stuart dessen Sohn als König von England begrüßte. Dies rief in England einen Sturm nationaler Entrüstung und Begeisterung hervor; das Parlament, von Wilhelm kräftig angetrieben, bestätigte alle Bundesverträge des Königs und bewilligte ihm, erfüllt vom höchsten Zorne gegen Ludwig, die Geldmittel zum Kriege mit verschwenderischer Freigebigkeit. Die große Allianz, welche so zwischen England, Holland, Dänemark, Deutschland und dem Kaiser zu Stande kam, verpflichtete ihre Theilnehmer, die Waffen nicht

aus der Hand zu legen und keine Friedens=
Unterhandlung zu beginnen, bis der hohe Zweck
des Kampfes erreicht, und die Vereinigung der
französischen und spanischen Macht hintertrieben
sei. Die Absicht war, während Leopold's ältester
Sohn Joseph in der Kaiserwürde nachfolge, dem
jüngeren Bruder desselben, Carl, die spanische Krone
zuzuwenden. Dieses diplomatische Gelingen, diese
mächtige Vereinigung, an welcher die Größe Ludwig's
scheitern sollte, erlebte Wilhelm III. noch; es war
die Aufgabe, an die er alle Kräfte seines Daseins
gesetzt hatte, jetzt, wenige Stunden, nachdem er die
Geldbills des Unterhauses sanctionirt hatte, starb er
den 7. März 1702. Seine Schwägerin Anna, die
ihm auf dem englischen Thron folgte, obwohl im
Grunde des Herzens ihrem vertriebenen Bruder
und dessen Beschützer König Ludwig wohlgeneigt,
wurde durch einen starken persönlichen Einfluß in der
Kriegspolitik ihres Vorgängers festgehalten. Sie
stand seit Jahren in der engsten Freundschaft mit
der Lady Marlborough, und da sie selbst beschränkt,
träg und schwerfällig, die Lady aber lebendig, ehrgei=
zig und gebieterisch war, so gerieth Anna bald in

volle Abhängigkeit von ihrer Freundin. Deren Gemahl aber, der Herzog von Marlborough, war ein
bedeutendes militärisches und diplomatisches Talent; er
hatte die Aussicht, als Lenker der entscheidenden englischen
Macht an die Spitze der ganzen Coalition zu treten,
verbündete sich also im Innern mit den kriegslustigen
Whigs und betrieb nach Außen mit rastloser Energie
die Vorkehrungen zum Kampfe, der von nun an den
halben Welttheil mit seinen glühenden Armen umfaßte.

Anfangs hielten sich die beiden großen Parteien
ungefähr das Gleichgewicht, ja die Franzosen entwickel-
ten eine gewisse Ueberlegenheit. Wohl bezwangen am
Niederrhein die Verbündeten das Erzstift Cöln, dagegen
scheiterte Marlborough's Angriff auf Belgien an dem
kaltblütigen und festen Widerstande des Marschall
Boufflers. Am Oberrhein eroberte Ludwig von
Baden den Franzosen Landau ab und bereitete einen
Stoß auf Lothringen vor, als sich plötzlich in seinem
Rücken Max Emanuel erhob, Ulm einnahm und damit den Landgrafen nöthigte, über den Rhein zurück-
zugehen und in einer festen Stellung auf dem Schwarz-
walde wo möglich die Vereinigung der Bayern und
der Franzosen zu hindern. In Italien eröffnete

Eugen den Feldzug durch einen wagehalfigen Hand-
streich gegen die Festung Cremona, indem er durch
einen alten, leer und unbeachtet gelassenen Abzugs-
graben mit 2000 Mann in dieselbe einbrach, den
feindlichen Feldherrn Villeroy auf dessen eigner Haupt-
wache gefangen nahm, dann aber den Platz gegen die
Uebermacht doch nicht behaupten konnte. Das Pariser
Spottlied rief die Franzosen auf, dem Kriegsgott für
ihr beispielloses Glück zu danken, denn „ihr habt
Cremona behalten und euern General verloren": es
war in der That für Eugen keine Verbesserung, daß
an die Stelle des untauglichen Villeroy der Herzog
Ludwig von Vendome trat, Laura Mancini's Sohn
und mithin Eugen's Vetter, ein höchst geistreicher,
aber nicht minder sittenloser Mensch, voll von Genialität
in seinen kriegerischen Operationen, selbst aber überzeugt, daß das Genialste an ihm seine Ausschweifungen
seien, deßhalb auch höchst unzuverlässig in seinen Leistun-
gen, bald unermüdlich vorwärts drängend, bald in
tödtliche Schlaffheit versunken, wie er aber war, damals ohne Zweifel einer der besten unter den französischen Generalen. Durch die angestrengte Thätigkeit
Ludwig XIV. wurde zugleich sein Heer auf 80,000
Mann gebracht, mit Geld und Material auf das

Reichſte verſehen und durch die Anweſenheit des
Königs von Spanien zu höchſtem Eifer angefeuert.
Gegen ſolche Kräfte geſtaltete ſich Eugen's Lage bald
äußerſt peinlich. Vergebens drängte er den Kaiſer um
Verſtärkung, Geld und Zufuhr; er hatte Alles in Allem
38,000 Mann, in Hunger und Kummer, in einem
Elend, ſchrieb er, wie es nie erhört iſt, daß ich es
nicht länger anſehen kann und den Dienſt zu quittiren
gedenke. So konnte er nicht hindern, daß Vendome
die Kaiſerlichen völlig über den Mincio zurückdrängte
und das hart blokirte Mantua ſiegreich entſetzte.
Als er dann aber den Plan entwarf, Eugen in ſei=
nem feſten Lager von Borgoforte von drei Seiten
her zu umſtellen und zu erdrücken, als demnach ſeine
Abtheilungen zu dieſer Umzingelung des Feindes ſich
in weiter Bogenſtellung von einander trennten, da
erfaßte Eugen wieder mit raſchem Griffe den Moment zu
einem verzweifelten Angriffsſtoße auf das größte der
drei franzöſiſchen Corps bei Luzzara. Er erfocht keinen
völligen Sieg (ohne Gottes Zulaſſung, ſagte er, kann
ich keine Mirakel machen); aber er behauptete das
Schlachtfeld und verleidete ſeinem Gegner alle ferne=
ren Angriffspläne. Wider aller Welt Erwarten

konnte das Heer den Feldzug hindurch auf italienischem
Boden ausdauern und endlich zwischen Mincio und
Etsch seine Winterquartiere beziehen.

Nun aber war der Prinz nicht länger zu halten;
er übergab Guido Stahremberg den Oberbefehl, und
eilte schleunig nach Wien, um dort persönlich seine
Stimme gegen die Indolenz der Regierung, die
Schlaffheit des Hoffkriegsraths, die Fäulniß der Fi-
nanzverwaltung zu erheben. Wen er sprach, Kaiser,
Minister, Präsidenten, jeder gab ihm Recht, aber das
Geringste zu bessern, schien lange unmöglich. Eugen
fand, daß der Beichtvater des Kaisers der einzige
Mensch sei, welcher denselben zu einem Entschlusse
zu bringen vermöge; er fand den Pater auch erfüllt
vom besten Willen, aber selbst dieser Gewaltige kam
bei der stumpfen Unbeweglichkeit Leopolds zu keinem
Ergebniß. So ließ sich das Jahr 1703 auf allen
Seiten höchst bedrohlich an für Oesterreich. Im Westen
unternahm Max Emanuel, durch die Franzosen unter
Villars unterstützt, seinen Angriff auf Tyrol; zwar
scheiterte er an der patriotischen Hingebung, womit
die Bauern die Gebirgspässe des Brenner gegen ihn
vertheidigten: als dann aber die Kaiserlichen von vier

Seiten her einen rächenden Angriff auf Bayern un=
ternahmen, bewährte der Churfürst wirksamer als
je seine glänzende Kriegernatur. Inmitten der feind=
lichen Schaaren operirend, schlug er eine nach der
andern, besiegte den General Styrum bei Höchstädt,
stürzte von dort auf Regensburg und nahm die
Stadt, eilte dann rasch hinüber gegen Augsburg
und überwältigte es; hier wichen die Feinde vor sei=
nen Schlägen ebenso scheu nach Schwaben, wie dort
nach Böhmen zurück; plötzlich stand er wieder an der
österreichischen Grenze, und überraschte Passau, zum
höchsten Schrecken der Kaiserlichen, die ihn bereits im
unaufhaltsamen Zuge gegen Wien zu erblicken mein=
ten. Die Sorgen der Hofburg wurden verdoppelt
durch eine nicht minder gefährliche Entwicklung in
Ungarn. Dort war der Groll des Volkes über die
gesetzwidrige Militärherrschaft so hoch gestiegen, daß
einsichtige Beobachter schon seit Jahren einen neuen
Ausbruch prophezeiten. Da geschah, daß der bei allen
Magyaren hochangesehene Fürst Rakoczy wegen po=
litischen Verdachtes verhaftet wurde, nicht in völliger
Unschuld, nicht mit bestimmt erweislicher Schuld; es
gelang ihm zu entkommen, und jetzt auf das Aeußerste

gebracht, zuerst die Bauern der Karpathen, und bald
zwei Drittel der ganzen Bevölkerung unter die Waffen zu rufen. Die kaiserlichen Officiere behaupteten
nur die Festungen; das platte Land war völlig in
der Hand der Empörer, und nach wenigen Monaten
überschritten Rakoczy's leichte Schaaren bereits bren-
nend und sengend die Grenzen Oesterreichs und
Mährens, so daß man in Wien selbst den Rauch
der angezündeten Dörfer zum Himmel steigen sah.
Was sollte bei der Mittellosigkeit und Ohnmacht der
Regierung daraus werden, wenn sich der massive
Strom einer bayerischen Invasion mit den tosenden
Wellen des ungarischen Aufstandes vor Wien vereinigte?

Die Erschütterung dieser verdoppelten Gefahr
brach endlich Leopold's Unempfindlichkeit, und führte
herbei, was wir eine Ministerkrisis nennen würden.
An die Spitze der Finanzen trat der feste und recht-
schaffene Gundacker Stahremberg, die Leitung des
Heerwesens übernahm als Präsident des Hofkriegsrathes Prinz Eugen. Er hatte es nicht gewünscht,
er hatte es Anfangs ablehnen wollen; bei seiner genia-
len Erregbarkeit liebte er es nicht, im trockenen De-
tail der actenmäßigen Geschichte zu arbeiten; indeß

er war der einzige Helfer und Retter, und so griff
er mit rastlosem Fleiße und gewissenhafter Strenge
die furchtbar schwierige Aufgabe an, und erschrak
selbst vor der Bodenlosigkeit der lange eingerosteten
Verderbniß, die sich jetzt erst in vollem Umfange
seinen Blicken enthüllte. Er arbeitete bei Tag und
bei Nacht, aber er erklärte selbst, daß es unmöglich
sei, vor vielen Monaten etwas zu erzielen. Im Herbste
ging er persönlich nach Preßburg hinüber, mit gleich
unbedingter Vollmacht zur Verhandlung wie zum
Kampfe mit den Ungarn. Der sonst so zähe Leopold
war völlig eingeschüchtert, verzichtete auf alle Steuern
in Ungarn, sandte einen Friedensvermittler nach den
Andern, nur Geld und Truppen, welche freilich schwie=
riger zu finden waren, sandte er nicht. Eugen war
weder durch das Eine noch durch das Andere in der
sofort ergriffenen Auffassung zu irren. Er erklärte
es für den Untergang der Monarchie, wenn man
nicht den letzten Mann und den letzten Gulden aufbiete.
Er erklärte es allerdings für schrankenlose Verblen=
dung, daß man die Ungarn durch so vielfache Gewalt=
that zum Aeußersten gebracht. Er erklärte es aber
auch für schlechthin verderbliche Täuschung, wenn

man der Bezwingung des bewaffneten Aufstandes von
irgend einer Unterhandlung etwas erwarte. So
mahnte er unablässig, zu rüsten, zu zahlen, vor Allem
auszuhalten. Da er nicht aus ganzem Holze schnei-
den konnte, so flickte er und leimte und reparirte,
wie es gehn wollte. Diese lockern Kurutzen= und
Czikosenhaufen würden Oesterreich's stolzen Bau nicht
in Trümmer werfen, wenn Oesterreich sich nicht selbst
zu Grunde richte. Durch unendliche Anstrengung gelang es ihm, wenigstens eine leidliche Deckung der
eigenen Grenze zu Stande zu bringen.

Im Januar 1704 kam er nach Wien zurück,
bereits von dem Gedanken erfüllt, welcher dem Welt=
kampf eine neue Wendung geben sollte. Der Kaiser
hatte sich indessen unter allem Elend der Nähe mit
fernher schimmernden Aussichten beschäftigt; Savoyen
und Portugal waren der großen Allianz beigetreten,
und des Kaisers zweiter Sohn Carl sollte jetzt nach Lissa-
bon abgehen, um sich von dort aus mit englischen
und portugiesischen Kräften sein spanisches König=
reich zu erobern, dann aber Mailand seinem Vater
abzutreten. War von diesen Dingen eine mehrfache
Ablenkung der feindlichen Kräfte zu erwarten, so

sprach Eugen mit doppeltem Nachdrucke die Ueber=
zeugung aus, daß der eigentliche Sitz der Gefahr
nicht in Italien, nicht in Belgien, nicht in Ungarn,
daß er schlechterdings nur in Bayern sei, daß dort
die Entscheidung des ganzen Krieges liege, daß zur
Ueberwältigung des Churfürsten alle vorhandenen
Kräfte vereinigt werden müßten. So kam er zu dem
Antrage, da weder in Oesterreich noch am Oberrhein
die hiefür ausreichende Truppenmacht vorhanden sei,
aus Belgien den Herzog von Marlborough an die
Donau zu ziehn, und mit seiner Hülfe den entschei=
denden Streich zu führen. Mochten indeß die Fran=
zosen gegen Holland einige Fortschritte machen; wäre
Max Emanuel erst bezwungen, so würde man auf
allen Seiten unwiderstehlich sein.

Der Gedanke, einmal ausgesprochen, mußte jedem
Blicke einleuchten. Der Kaiser genehmigte ohne Zau=
dern, Marlborough erklärte sich mit Begeisterung ein=
verstanden, und auch die zähe Bedenklichkeit der Holländer
wurde durch den Beistand ihres Generalpensionärs
Heinsius beschwichtigt. Marlborough erschien mit einem
stattlichen englisch=deutschen Heere nach einem vor=
sichtigen und schleunigen Marsch im Laufe des Juni

am Neckar. Am 10. sprach ihn Eugen in Mundels=
heim, am 13. traten beide mit Markgraf Ludwig von
Baden zur Feststellung des Feldzugsplanes unter der
Linde am Wirthshaus von Großheppach zusammen.
Die Aufgabe war, an der Donau den Churfürsten
und den französischen General Marsin zu besiegen,
und während dessen am Oberrhein den Einbruch des
in Elsaß stehenden Marschall Tallard zu verhüten.
Eugen hätte am liebsten zusammen mit Marlborough
an der Donau gekämpft, war aber auf den Wunsch
des ältern Markgrafen ohne Sträuben bereit sich mit
der glanzlosern Aufgabe zu begnügen, und eilte ohne
Murren an den Rhein; denn ein jeder, sagte er,
muß einzig und allein das gemeine Wohl im Auge
haben. Der Uebermacht der beiden Andern gelang
es am 2. Juli die bayerische Schaar des Grafen
Arco, welche den Uebergang bei Donauwörth in den
Verschanzungen des Schellenberges deckte, nach wildem,
heldenmüthigen Widerstande zu überwältigen, die Donau
zu passiren, Max und Marsin zum Rückzug nach Augs=
burg zu nöthigen.

Der Churfürst war tief von der Gefahr seines
Landes betroffen; nicht ohne Thränen dachte er an

ben Helbentob ber Arco'ſchen Bataillone; er iſt ein
ſo ſchwacher Menſch, ſchrieb Marſin, baß ihn ber Ruin
ſeines Volkes rührt. Inbeſſen hatte Tallarb ben Befehl erhalten, um jeben Preis bem Churfürſten Hülfe
zu bringen; Eugen war nicht im Stanbe, ihm ben
Weg zu verlegen, zog aber parallel mit ihm ebenfalls
oſtwärts nach Bayern, wo ſich alſo von allen Seiten
her bie Kräfte zum Entſcheibungskampfe ſammelten.
Am 3. Auguſt traf Tallarb bei bem Churfürſten in
Augsburg, Eugen aber an ber Donau in Höchſtäbt
ein, unb eilte von bort perſönlich hinüber nach Schro-
benhauſen zu Lubwig unb Marlborough.   Er war
mit beiben wenig zufrieben; er fanb, baß ſeit bem
letzten Siege ſo gut wie nichts geſchehen wäre; ſeinem
geraben unb raſchen Solbatenſinne erſchien jeber unthätig verlorene Tag wie eine Sünbe.   Marlborough
mit bem greiſen, launiſchen unb ewig nicht vergnügten
Markgrafen längſt überworfen, ſtimmte von Herzen
bei; es gelang, bieſen mit einem abgeſonberten Corps
zur Belagerung von Ingolſtabt zu beſtimmen, unb
nun führte Marlborough im eiligſten Zuge bie übrigen
Truppen über bie Donau zurück, zur Vereinigung
mit Eugen's Abtheilung.   Es war bie höchſte Zeit,

denn auch der Churfürst wollte nach Tallard's Ein=
treffen nicht feiern, sondern war in vollem Anzug
gegen Eugen's Lager, um dies wo möglich vereinzelt
zu schlagen, in jedem Falle aber zu schlagen gegen
jeden Feind. So kam es am 16. zu dem schicksal=
schwangern Zusammentreffen von Höchstädt oder Blind=
heim. Die Bayern und Franzosen zählten 56,000,
Eugen und Marlborough etwas über 52,000 Mann.
Dicht am Flusse stand Marlborough dem Marschall
Tallard, weiter im Lande Eugen dem Churfürsten und
Marsin gegenüber, zwischen ihnen bildete auf beiden Sei=
ten eine große Reitermasse das Centrum. Eugen war
nicht im Stande, die von dem Churfürsten energisch
geführten bayerischen Regimenter zu brechen, im Ge=
gentheil war es nur die Festigkeit der von dem
Dessauer Leopold trefflich disciplinirten preußischen
Infanterie, welche hier den furchtbar mörderischen
Kampf im Gleichgewichte hielt: bis endlich im Centrum
nach zahllosen Attaken hinüber und herüber Marl=
borough durch einen mächtigen Gesammtsturm die
französische Reiterei völlig zersprengte, darauf links=
hin einschwenkend, Tallard's Fußvolk in Blindheim
umzingelte, und die ganze wirre Masse zur Ergebung

nöthigte. Darauf blieb auch dem Churfürsten nur der Rückzug übrig, der mit unerschütterlicher Ordnung und Ruhe ausgeführt wurde. Die Sieger hatten ihren Triumph mit 11,000 Todten und Verwundeten bezahlt; die Geschlagenen büßten 14,000 Todte, 13,000 Gefangene, unter denen Marschall Tallard selbst, und 164 Geschütze ein.

Das französische Heer war vernichtet, der Churfürst aus seinem Lande verdrängt, Bayern in der Hand der großen Allianz. Wir übergehen hier die Erinnerung an die traurigen Vorgänge, durch welche Bayern damals die Verschuldung seines auswärtigen Bündnisses sühnte. Nur das Eine wollen wir anführen, daß, so lange Eugen das Schicksal des eroberten Landes bestimmte, bei aller Strenge des Kriegsrechts keine Ungebühr vorkam; seine Art zeichnet sich vollständig in einer Ordre, worin er jede Thätlichkeit gegen seine Soldaten mit dem Tode bedroht, dann aber hinzusetzt: daß die Bürger den Soldaten keinen guten Willen erzeigen, dazu sind sie nicht gehalten, und ist sich deswegen auch nicht über selbe zu beklagen.

Betrachten wir statt dessen die weitere Entwicklung der großen europäischen Triumphe. Von dem

Höchstädter Schlachtfelde hinweg ging der Zug der
siegenden Heere an den Rhein und über den Rhein,
wo noch in demselben Jahre Landau und Trier dem
Feinde entrissen wurden. Die beiden Feldherrn traten in immer engeres Verständniß; merkwürdig war,
wie ihre höchst verschiedenen Naturen sich ergänzten.
Marlborough, einer der schönsten und stattlichsten
Männer der Zeit, war gleich ausgezeichnet als
Hofmann und Parteihaupt, als Diplomat und Mi-
litär, ein Virtuose in der Kunst der Menschenbehand-
lung, und wie es dazu nöthig ist, unter hinreißenden
Formen von kalter Berechnung und tiefer Selbstsucht
erfüllt, ein blendendes Talent, stets heiter und stets
muthig, überall höchst wirksam und an keiner Stelle
zuverlässig, auf den Erfolg noch mehr als auf den
Ruhm, und auf Geldgewinn mehr als auf jeden andern
Erfolg bedacht. Eugen war stets derselbe, wie wir
ihn kennen, mit zunehmenden Jahren etwas steif im
Ausdruck, etwas pedantisch im Geschäfte, die Häß-
lichkeit des Gesichtes noch gesteigert durch unaufhörliches Schnupfen. Dafür stand sein geistiges Dasein
jetzt in voller reifer Entwicklung; sein Blick umfaßte
die europäische Welt; seine Thätigkeit war den höch-

ſten Aufgaben gewachſen und überall mit feſtem Pflicht-
gefühl ausſchließlich auf die Sache gerichtet. Ohne
eine Spur von Selbſtſucht und Eigennutz war er
mild gegen Untergebene und Schwache, beſcheiden gegen Gleichſtehende, von unbedingtem Freimuth gegen
Höhere. Als die alten Uebelſtände in Wien damals
fortdauerten, ſchrieb er mit einer bei dieſer Regierung
unerhörten Derbheit: ich möchte doch endlich wiſſen,
ob der Kaiſer gar nicht remediren wolle; kein Geld,
kein Volk, kein Magazin, keine Munition, kein Ernſt,
kein Eifer, keine Sorge, und doch gleichwohl Krieg
führen, triumphiren und Kron und Scepter mit Land
und Leuten gewinnen wollen, das ſind contradictoria,
die ich nicht mehr aus einander klauben kann. So
war er ſchneidig und ſchonungslos, wenn es die Sache forderte, und weichen Sinnes und menſchenfreund-
lich, wo er ſeinem Herzen folgen durfte. Er hatte
den Ehrgeiz, daß neben ſeinem Lager der Bauer un-
geſtört den Acker beſtellen könne, und unaufhörlich
ſchärfte er ſeinen Soldaten die Achtung vor den
Frauen ein. Es war zwei Menſchenalter nach den
Gräueln des breißigjährigen Krieges, es war erſt eines
nach der Verbrennung der Pfalz: daß der Krieg nicht

5*

die losgebundene Unmenschlichkeit sein soll, hat Eugen zuerst in Europa bethätigt. Ich denke, es ist
nicht das schlechteste Blatt in seinem Ruhmeskranze.

Kaiser Leopold erlebte noch die Unterwerfung
Bayerns, die Vertreibung der Franzosen vom deutschen Boden; bald nachher, 5. Mai 1705, starb er
nach beinahe fünfzigjähriger Regierung. Es folgte
ihm, in Oesterreich wie in der Kaiserwürde, sein ältester Sohn Joseph I. Ein Thronwechsel, der für den
Augenblick in dem Verlaufe des Kriegs kaum bemerkt
wurde, aber für die innere Politik Oesterreichs höchst
bedeutungsvoll war. Joseph war, in vollem Gegensatze zu seinem Vater, ein jugendfrischer, stattlicher
Fürst, erfahren in allen ritterlichen Uebungen, prunk-
liebend, ein leidenschaftlicher Freund der Jagd. Von
seinem Regentenberufe hatte auch er eine sehr hohe
Vorstellung, aber ein nicht minder klares Gefühl von
den ihm selbst daraus erwachsenden Pflichten. Als
zehnjähriger Knabe fragte er einmal den jungen Erb-
prinzen von Würtemberg, ob er auch so viel arbei-
beiten müßte. Der sagte, er werde künftig nicht so
viele Länder beherrschen, und brauche also nicht so viel
zu studiren. Dem kleinen Erzherzog erweckte das eine

lange Gedankenreihe: ich sehe, rief er endlich, ich muß noch viel mehr lernen. So kam er auf den Thron, sehr wohl unterrichtet, nicht so gelehrt wie sein Vater, aber durstend nach Ruhm und Macht und Vergrößerung; er fühlte seine Kraft, und wurde eben deshalb leichter als Leopold zu einer liberalen Concession bestimmt, aber auch leichter zu einem unvorsichtigen Schritte fortgerissen. Von der theologischen Richtung Leopold's hatte er sich völlig abgewandt. Wohl war er persönlich in der religiösen Stimmung ebenso warm wie in allen andern Dingen; er versäumte keine Messe, und geleitete das Sacrament, wo er ihm begegnete. Aber er war ent= schlossen, dem Klerus fortan in politischen Dingen keinerlei Einfluß zu gestatten, und die Andersgläu= bigen in ihrer Rechtsstellung unangetastet zu lassen. Es bestärkte ihn in dieser Stimmung nicht wenig, daß in seinem ersten Regierungsjahr, nachdem er in Ungarn Toleranz gegen die Protestanten befohlen, die Jesuiten in Siebenbürgen dem Rakoczy Triumphbögen errichte= ten. Auch der Papst verharrte noch immer bei der fran= zösisch=spanischen Partei; Joseph aber war in seiner Ju= gend unterrichtet worden, gegen einen feindseligen Papst den Kirchenstaat anzugreifen, sei erlaubt wie jeder an=

bere Krieg; das eigentliche Patrimonium Petri müsse
ein christlicher Fürst respectiren, jedoch die andern Provinzen zu erobern, sei keine Verletzung der Christenpflicht.
Er mußte so in eine der väterlichen ganz entgegengesetzte
Politik hineinkommen.

Die Absicht für den Krieg ging dahin, daß nach
den mächtigen süddeutschen Erfolgen die beiden Feldherrn den errungenen Vortheil in verschiedener Richtung verfolgen, Marlborough gegen Lothringen und
Belgien vorgehen, Eugen in Italien dem hartbedräng-
ten Herzog von Savoyen helfen sollte. Anfangs
jedoch erlebte man große Hindernisse auf beiden
Seiten. Marlborough war durch die Schwäche der
Oesterreicher, die Saumseligkeit der Reichsstände, die
ewigen Bedenken der Holländer gehemmt; der Angriff
auf Lothringen schlug fehl; endlich im Sommer 1706
gelang es ihm, die Franzosen bei Ramillies vollständig zu besiegen und den größten Theil von Belgien
einzunehmen. Nicht geringere Trübsal hatte unterdessen
in Italien Eugen durchzumachen. Die starke Geldnoth
des Kaisers hinderte die Verpflegung, der ungarische Krieg
die Verstärkung seines Heeres; Eugen bedurfte der
höchsten Anstrengung, um sich bis zum Frühling

1706 nur am Rande des italienischen Gebietes zu
behaupten, während die Franzosen allmählich Piemont
überschwemmten, alle Plätze des Landes einnahmen
und endlich die Belagerung des letzten, der Haupt=
stadt Turin, begonnen. Indeß erwirkte Marlborough
in London ein stattliches Anlehen für den Kaiser
und bestimmte den König von Preußen zu einer an=
sehnlichen Truppensendung nach Italien; eine Anzahl
sonstiger Reichsvölker sammelte sich in Thyrol, und
Eugen konnte endlich wieder zur Offensive, zur Be=
freiung Turins, schreiten. Die Aufgabe war immer
äußerst schwierig. Um nach Turin zu gelangen, mußte
man die ganze lombardische Ebene durchziehen, die
bekanntlich von Nord nach Süd durch die Etsch, sodann
durch die verschiedenen Nebenflüsse des Po, den Mincio,
Oglio, Adda, Tessin durchströmt wird, deren jeder
den Franzosen eine neue Vertheidigungslinie darzu=
bieten und Eugen's Vorrücken endlos zu erschweren
drohte. Indeß erschien der Prinz im Mai 1706 im
Felde, drang auf dem linken Etschufer nach Süden
vor und schritt zur Ausführung eines Planes, der
alle jene Schwierigkeiten mit einem Schlage beseitigte,
und neunzig Jahre später von Napoleon I. in um=

gekehrter Richtung mit gleichem Erfolge wiederholt wor=
den ist. Unter den Augen des überraschten Gegners
überschritt er nicht die mittlere, sondern die untere
Etsch, gelangte dann fast ohne Kampf auch über den
untern Po, und drang nun im Süden dieses Stroms,
durch keinen irgend erheblichen Nebenfluß gehemmt
und die französischen Barrieren umgehend, unaufhalt=
sam gegen Westen vor. Vendome, in diesem kritischen
Moment zu dem belgischen Heere abgerufen, verließ
das Lager mit bangen Ahnungen; sein Nachfolger im
Commando, der Herzog von Orleans, hatte den Kopf
völlig verloren und dachte nur auf zeitweilige Deckung
Mailands. Noch hätte er eine Möglichkeit gehabt,
Eugens Marsch zu hemmen, bei Strabella, wo die
Apenninen sich bis hart an den Fluß fortsetzen und
und eine leicht zu sperrende Enge bilden — es ist
die Stelle, von welcher aus im Jahre 1800 der erste
Consul zur Schlacht von Marengo vorbrach; Eugen
selbst war verwundert, die Position unbesetzt zu finden.
Orleans zog indessen hinüber zu dem Belagerungs=
heere vor Turin, wo sich dann vor der eingeschlossenen
Festung die Franzosen mit sieben Fuß hohen Ver=
schanzungen umgaben und in diesen den Angriff der

Verbündeten abzuwarten beschlossen. Am 1. Septem=
ber vereinte sich hierauf Eugen mit dem Herzog von
Savoyen, am 8. schritten sie zum Sturme auf
die feindlichen Wälle. Das Gefecht begann auf
dem linken Flügel der Prinz von Württemberg mit
österreichischen Grenadieren, und Leopold von Anhalt=
Dessau, der Bullenbeißer wie Eugen ihn nannte,
mit den preußischen Bataillonen. Das Feuer war äußerst
heftig und wurde bald allgemein; die Preußen
gingen kaltblütig und langsamen Schrittes bis auf
zehn Schritt an die Verschanzung vor, dort aber
wurde der Kugelregen so dicht, daß sie stockten
und allmählich wieder zurück zu weichen begannen.
Da sprengte Eugen selbst heran, trat an ihre Spitze
und riß sie, die über diese Auszeichnung hoch auf=
jubelten, vorwärts. In einem Augenblick waren sie
auf dem Kamme der Schanzen und ein wildes Hand=
gemenge entspann sich, in welchem Eugen zur Seite
ein Page und ein Diener erschossen und er selbst zu Bo=
den gerissen wurde. Nun aber erschienen auch die
Grenadiere Württembergs, die deutschen Regimenter
des Centrums, Orleans selbst wurde verwundet, Mar=
schall Marsin getödtet, die Niederlage der Franzosen

war vollständig. Die Trümmer ihres Heeres dräng=
ten in verwirrter Flucht der Grenze zu: Italien ist
unser, rief Eugen, seine Eroberung wird uns nicht
viel mehr kosten. In der That capitulirte Mailand
nach einigen Wochen; etwas später konnte General
Daun mit einer schwachen Abtheilung Neapel besetzen, wo
er von dem Jubel der Bevölkerung begrüßt wurde; die
Preußen rückten in den Kirchenstaat ein, und der Papst
von Wien aus in der ernstlichsten Weise bedroht,
entschloß sich zur Anerkennung der habsburgischen
Erbfolge in Spanien.

Wir erinnern uns an dieser Stelle, wie im
16. und 17. Jahrhundert die spanische Monarchie
die vorwiegende Macht in Europa gewesen. Von
Neapel aus hatte sie den Vatican beherrscht, von
Mailand und Belgien her ihre Truppen bei jedem
Anlaß in Deutschland auftreten lassen. Damit war
es jetzt vorbei auf immer. Die Castilianer hatten
sich mit höchster Begeisterung um Philipp V. geschaart
und alle Versuche des habsburgischen Carl auf Madrid
vereitelt. Indem die Verbündeten des Letzteren hierauf die
Niederlande und Italien besetzten, war die spanische
Herrschaft in sich selbst zerrissen und für alle Zeiten aus

Mittelenropa beseitigt. So kann man sagen, daß die Schlachten von Höchstädt, Ramillies und Turin den Ausgangspunkt für die moderne Gestaltung des europäischen Staatensystems bilden: das Machtverhältniß zwischen Oesterreich, England, Frankreich und Spanien, welches sie geschaffen, ist ein volles Jahrhundert hindurch unverändert geblieben.

Sehr bald nach diesen gewaltigen Katastrophen kam die zweite große Sorge des Kaisers, die ungarische Rebellion, zu ihrem Höhenpunkt und Ausgang. Die Ermahnungen und Versprechungen, welche Joseph nach seinem Regierungsantritte dorthin gesandt, trugen keine Frucht. Rakoczy mochte sie für Schwäche halten, empfing damals reiche Geschenke von Ludwig XIV., eröffnete eine, zum Glück fruchtlose Unterhandlung mit der Pforte, ließ sich 1707 zum Großfürsten von Siebenbürgen ausrufen, und 1708 endlich auch durch den ungarischen Landtag die Absetzung Joseph's verkünden. Allein dieser radicale Schritt hatte dieselbe Folge, wie die Wiederholung desselben in der Revolution von 1848. Eine Menge einflußreicher Männer, die sich an dem Aufstande gegen rechtswidrige Unterdrückung betheiligt hatten, traten zurück von einer Sache, die sich selbst durch die ärgste Rechtsverletzung befleckte. Die kaiserlichen Generale Palffy und Stahremberg erfochten glänzende Siege; in den Reihen der Aufständischen erfolgte ein Abfall nach dem andern; zuletzt trat einer der tüchtigsten Feldherrn Rakoczy's, Karolyi, mit den Kaiserlichen in Unterhandlung, brachte den größten Theil der Kuruczen auf seine Seite, und schloß 1711, nachdem Rakoczy nach Polen geflohen, seinen Frieden mit der Regierung. Am 30. April zog er die ganze Reiterei der Insurgenten, mehr als 10,000 Pferde, in der Ebene von Maiteny zusammen; ihre Officiere und Fahnenträger bildeten einen weiten Kreis um den General Palffy, und schworen unter dem Zuruf der Truppen dem Kaiser den Huldigungseid. Karolyi hatte sich für seine Thätigkeit von der Regierung 50,000 Dukaten versprechen lassen; die Hofkammer suchte nachher Ausflüchte, um sich der Zahlung zu entziehen; Prinz Eugen aber erklärte, man müßte halten was man einmal versprochen; er gönne der Hofkammer gar gerne ihre Wirthschaft, wo aber der Name und die Ehre des Kaisers in das Spiel komme da sei alle Wirthschaft umsonst. In demselben li-

beralen und umsichtigen Sinne hatte der Kaiser dem
Landtag zu Szathmar unbedingte Amnestie und voll=
ständige Herstellung des verfassungsmäßigen Zustan=
des in Ungarn und Siebenbürgen bewilligt, und auch
hierin wurde die kaiserliche Verheißung besser als
jemals früher gehalten. Die Wirkung war segens=
reich, dauernd, vollständig. Ungarn blieb vierzig
Jahre lang in tiefer Ruhe, und als dann sich das
Land wieder einmal in begeisterter Insurrection er=
hob, geschah es nicht um den Kaiser, sondern um die
Feinde Oesterreichs zu bekämpfen, unter dem stürmi=
schen Rufe: laßt uns sterben für unsern König
Maria Theresia.

Indessen ging der französische Krieg im Rhein=
land, Flandern und Spanien mit unverminderter
Hartnäckigkeit seinen Gang. Ludwig XIV. strebte,
die Verluste der letzten Feldzüge wieder gutzumachen,
die Verbündeten hofften, unter den Mauern von Paris
die Räumung Spaniens durch Philipp von Anjou
zu erzwingen. 1707 erkämpfte Marschall Villars
große Erfolge am Oberrhein, und Marlborough wurde
in Flandern so hart bedrängt, daß im Frühling 1708
wieder alle Blicke auf Eugen als den allein der Lage

Gewachsenen sich richteten. Er erschien mit wenigen Husaren in Marlborough's Lager, erfrischte auf der Stelle die niedergeschlagenen Gemüther durch seine Sicherheit und Freudigkeit, und brachten bei Oudenarde den Franzosen eine neue große Niederlage bei. Die Mittel Frankreichs waren durch den jetzt siebenjährigen colossalen Kampf in hohem Grade erschöpft; aber der Versuch einer Friedensunterhandlung im Haag zerschlug sich; noch einmal raffte Ludwig mit höchster Anstrengung alle Kräfte zusammen, und noch einmal kam es 1709 in Belgien zu einem furchtbar hartnäckigen Zusammenstoß. Die Schlacht von Malplaquet war die blutigste des ganzen Kriegs; sie kostete jeder der streitenden Parteien über 20,000 Menschen, ein volles Drittel ihrer Stärke. Der Sieg aber war wieder bei den Verbündeten, die Niedergeschlagenheit und Demüthigung in Paris vollständig, und Ludwig entschloß sich, auch auf die härtesten Bedingungen den Frieden anzunehmen. Es war der Wendepunkt der Dinge.

Es kam denn im Jahre 1710 zu einer neuen Unterhandlung in Gertruydenburg. Ludwig war bereit, seinen Enkel aufzugeben, und Spanien dem Erz-

herzog Carl zu überlassen. Aber wenn er in früheren
Jahren so oft durch harte Begehrlichkeit seine Geg=
ner zur Verzweiflung gebracht, so war ihm jetzt be=
stimmt, die Vergeltung auch hiefür in gleichem Maaß
zu erfahren. Der Ehrgeiz Kaiser Joseph's, die For=
derungen der deutschen Reichsstände, die Kriegslust
Marlborough's wetteiferten miteinander, und man
blieb bei allen Begehren, an welchen 1709 die Haa=
ger Verhandlung gescheitert war. Man forderte zu=
nächst die Herausgabe Straßburgs, des Elsasses,
Lothringens; das geschehen, sollte Waffenstillstand sein,
der Frieden aber dann erst definitiv werden, wenn
Ludwig, mit Oesterreich und England vereint, seinen
Enkel selbst aus Spanien vertrieben hätte. Ludwig
war in seiner Bedrängniß zu den höchsten Opfern
bereit. Er bot Straßburg, bot dann den ganzen
Elsaß; er erbat für seinen Enkel das einzige Sici=
lien, und wollte, wenn Philipp dann an Spanien
festhalte, Subsidien zu seiner Bekämpfung zahlen.
So weit hatte ein gerechtes Geschick den greisen Mon=
archen gebracht. Sein weltbeherrschender Ueber=
muth hatte einen Sturm heraufbeschworen, unter
dessen Brausen die Fundamente seines Reichs erzit=

terten. Seine Heere waren geschlagen, seine Gren=
zen verletzt, seine Bevölkerung decimirt und verarmt.
Er war gebrochen in sich selbst. Er war bereit auf
allen Gewinn seiner siegreichen Jahre zu verzichten.
Mit diesem bitteren Entschlusse fand er dann sein
gutes Gewissen und seine innere Kraft wieder. Was
man ihm weiter zumuthete, die Vertreibung Philipp's
aus Spanien, betraf nicht mehr ein französisches
Interesse, aber er war entschlossen, nichts gegen seine
Ehre zu thun, und nicht selbst die Waffen gegen sei=
nen Enkel zu führen, sondern eher mit seinem Volke
zu Grunde zu gehen. Da die Allirten auf ihrer
Forderung bestanden, so lösten sich im Juli 1710
die Gertruhdenburger Conferenzen auf.

Wir dürfen sagen: es war ein frevelhafter Ueber=
muth, welcher die Verbündeten damals erfüllte. Es
war vor Allem ein Unheil für Deutschland, daß
Ludwig's Bedingungen verworfen, und somit die Re=
stitution des Elsasses verschmäht wurde — weshalb?
weil auf der einen Seite der Kaiser weder auf Sar=
dinien noch auf Sicilien verzichten wollte, weil auf
der andern Marlborough, in seiner Heimath bedroht,
sich durch die Fortsetzung des Krieges unentbehrlich

zu machen glaubte. Was Eugen betraf, so war er 1709 höchst bestimmt für den Frieden. Während er dem französischen Unterhändler in der schärfsten Weise zusetzte, schrieb er dringend nach Wien um einige Einräumungen. Das Kriegsglück sei wandelbar, bei den Alliirten die Abneigung gegen weitere Opfer all= gemein, ohne deren Hülfe Oesterreich ganz außer Stand den Krieg fortzuführen. Wenn man jetzt das französische Angebot verwerfe, sei überwiegende Ge= fahr vorhanden, daß man später nicht so viel erreiche. Er setzte durch, daß man in Wien eine Concession an der Rheingrenze für möglich erklärte, aber in der italienischen Frage blieb alle Bemühung vergeblich. Im folgenden Jahre hatte sich im Allgemeinen die Gesinnung Eugens nicht geändert; indessen glaubte er aus einigen Anzeichen schließen zu müssen, daß Frankreich nur zum Scheine, nur um Zeit zu neuer Rüstung zu gewinnen, unterhandle, und freute sich nach dieser — freilich irrigen — Vermuthung über den Abbruch der Conferenzen.

Der Frieden war verworfen. Die Nemesis folgte auf der Stelle mit raschen Schlägen.

Der Erste war ein Machtwechsel in England.

Die Whigpartei war dort die Seele des Krieges, seit dreißig Jahren im heftigen Gegensatze zu Frankreich, mit Eifer und Lust der großen auswärtigen Politik ergeben. Jetzt erlebte sie, daß die Masse des Volkes über die wachsende Steuerlast ungeduldig wurde, die Tories eine starke hochkirchliche Bewegung im Lande erregten, die Königin mit plötzlichem Entschluß ihre Neigung der Lady Marlborough entzog. So kam im Sommer 1710 ein toryistisches Ministerium an das Ruder, in dem ein höchst talentvoller Staatsmann, St. John, oder wie er später hieß, Viscount Bolingbroke, das auswärtige Amt einnahm. Er wollte nicht Frieden im Moment, nicht Frieden um jeden Preis, aber er wünschte den Krieg zu beendigen, sobald es sich irgend wie in vortheilhafter Weise thun ließe.

Zum Zweiten entschied sich, December 1710, in Spanien der Krieg vollständig zu Gunsten Philipp V. Eine englische Heerschaar wurde gefangen, eine österreichische besiegt; Carl III. sah sein Königthum auf die Mauern von Barcelona beschränkt. Es leuchtet ein, wie ungünstig dies für den Standpunkt des Kaisers war, wie es denselben geradezu umkehrte.

Der Kaiser hatte für seinen Bruder außer Spanien auch Sicilien begehrt. Jetzt stand es so, daß Carl zwar Sicilien wie die andern Nebenlande, Philipp aber das Hauptland Spanien unerschütterlich besaß. Auch wenn Ludwig XIV. sich fügte, hätte die Verjagung Philipp's aus Spanien einen neuen großen Krieg erfordert, zu welchem Niemand weniger als das neue englische Ministerium Neigung hatte.

Von noch größerer Tragweite aber war das Dritte, daß am 17. April 1711 ohne Hinterlassung männlicher Nachkommen Kaiser Joseph I. in blühendem Mannesalter durch einen Anfall der Pocken plötzlich dahingerafft wurde. Dies war ein Ereigniß, durch welches in der That die gesammte Weltlage eine Umwandlung erfuhr. Es folgte ihm in den österreichischen Erblanden, und wie sich verstand auch in der deutschen Kaiserwürde, sein Bruder Carl VI., derselbe Prinz, welchen die Verbündeten bis dahin der französischen Thronfolge in Spanien entgegengestellt hatten. Auf dessen Haupt also sollten jetzt alle Kronen Carl V. versammelt werden; er sollte in Wien und Regensburg, in Ofen und Brüssel, in Mailand und Neapel, in Madrid und Indien

6*

herrschen. War dies ein Ausgang, wie ihn Wilhelm III., wie ihn überhaupt die Stifter der großen
Allianz gewollt hatten? Man war in den Kampf
gegangen, um die Universalmonarchie Ludwig XIV.
zu verhindern; sollte man jetzt den Kampf fortsetzen,
um die Weltherrschaft Carl VI. zu gründen?

Bolingbroke war fest entschlossen, daran keinen
Theil zu nehmen, und trat mit kühnem Muthe an
die Aufgabe heran, die für ihn einen Kampf auf
Leben und Tod mit einer mächtigen englischen Partei,
mit dem von dem Volke vergötterten Feldherrn, mit
den siegreichen und ehrgeizigen Bundesgenossen in sich
schloß. Für sich hatte er die bornirte Königin, die
friedenssehnsüchtigen Kaufleute, die Prälaten der Hoch-
kirche und deren augenblicklich sehr erregten Anhang
im Lande. Er nahm sich wunderlich genug in dieser
Parteistellung aus, er, der glänzendste Lebemann seiner Zeit, der kein höheres Vorbild in der Weltge-
schichte kannte als den Athener Alkibiades, der es
liebte, die eine Nacht mit berufenen Courtisanen zu
verprassen, und die folgende über der Entwerfung
einer Europa's Schicksal entscheidenden Depesche zu
verwachen, der von geoffenbarter Religion nichts wußte,

alle Hierarchie verachtete, und eine unerschöpfliche
Lauge vernichtenden Spottes über das äußere Kir-
chenthum ergoß. Ein Mensch der die geistige Kraft
besaß, der Gründer zugleich des modernen Staatensystems und des modernen Rationalismus zu werden, und der für sein eigenes Leben diese Schöpfun-
gen geringer achtete, als den Genuß der Macht, der
Intrigue und des sinnlichen Taumels. Ein Mensch
der seine Laufbahn wie eine Cabale gewöhnlichen
Schlages begann, aber eine solche Stellung und solche
Kraft besaß, daß diese Cabale zu einer großen welt-
geschichtlichen That wurde.

Er eröffnete seinen Weg mit höchster Vorsicht.
Einen englischen Dichter sandte er heimlich nach Versailles, im tiefsten Incognito kam dann ein französischer Diplomat nach Windsor. Nach schneller Eini-
gung über die wesentlichen Punkte wurde für den
Frühling 1712 ein allgemeiner Congreß in Utrecht
verabredet, und darauf das Geschehene dem Parla-
mente mitgetheilt. Die Whigs in beiden Häusern
tobten, Marlborough erhob offene Opposition, der
kaiserliche Gesandte erging sich in lebhaften Schmähun-
gen. Aber Bolingbroke war nicht zu schrecken. Im

Unterhause gewann er die Mehrheit mit allen Mit-
teln der Ueberredung, Drohung und Bestechung; den
Angriff der Lords brach er durch einen großen Pairs-
schub; den kaiserlichen Gesandten wies er aus London
hinweg; Marlborough verwickelte er in einen bedenklichen
Unterschleifproceß. Auf des Kaisers Befehl ging Eugen
selbst nach London hinüber, um eine Aenderung der englischen Politik zu erwirken; er wurde mit höchsten Ehren
aufgenommen, richtete aber nicht das Mindeste aus. Als
er darauf 1712 die Kriegsoperationen an der flandri-
schen Grenze erneuerte, besann sich Bolingbroke keinen Augenblick, den englischen Truppen Befehl zur
Unthätigkeit zu geben, wodurch dann eine blutige
Schlappe für das kaiserliche Heer bei Denain herbeigeführt wurde. Es war deutlich, daß Bolingbroke
schlechterdings kein Mittel scheuen würde; es zeigte
sich wieder einmal, was die Kraft eines klaren und
unbedingten Willens vermag; er trug es davon, und
sammelte außer dem Kaiser und König Philipp die
Gesandten aller am Kriege betheiligten Mächte in
Utrecht.

Sein Begehren ging nun im Wesentlichen dahin,
daß, unter festen Garantien der ewigen Trennung der

französischen und spanischen Krone, Philipp V. Spanien und Indien behalte, Carl VI. aber durch Belgien, Mailand und Neapel entschädigt werde; Sicilien sollte der Herzog von Savoyen, England Gibraltar und Minorca, Deutschland aber Straßburg
und Landau empfangen. Diese Vorschläge entsprachen
durchaus den Ergebnissen der Waffen, da die Allianz
in Belgien und Italien glänzend gesiegt, am Rheine
eben das Uebergewicht behauptet, in Spanien eine
völlige Niederlage erlitten hatte: auch waren Eugen
und die Mehrzahl der teutschen Minister Carl's sofort der Meinung, daß Kaiser und Reich dem englischen Plane beitreten sollten. Eugen's entscheidendes
Argument war die Unmöglichkeit fernerer Kriegfüh-
rung ohne Hülfe der Seemächte. Sie wird auch Ihnen
sogleich auf das Schlagendste durch wenige Ziffern
aus den Finanzen des Kriegs erhellen. Holland hatte
bis dahin auf den Kampf vierzig, das deutsche Reich
dagegen vier Millionen Gulden verwandt. Der Kaiser
konnte für seine Heere im besten Falle jährlich sechs bis
acht Millionen aufbringen, während England jedes
Mal sechzig bis siebenzig gestellt hatte. So viel be-
deutet eine verständige Verfassung und innere Frei-

heit für die auswärtige Macht der Staaten. Sogar mit dieser Hülfe war nun Oesterreich in stetem Deficit gewesen, was sollte nun erst werden ohne sie? In der Sache stand es so, daß Oesterreich nach dem englischen Vorschlag eine Menge der reichsten Provinzen gewinnen sollte, nach Carl's Wünschen aber wie einst unter Carl V. zu einem spanischen Nebenlande herabgesunken wäre. Denn Carl VI. war während seines spanischen Aufenthaltes auf das Gründlichste hispanisirt; die völlig andächtige Devotion des spanischen Hoftones hatte ihn höchlich beglückt, so daß er die freiere deutsche Weise plump und respectwidrig fand; er war auch jetzt von einer Anzahl spanischer Granden vollständig umringt, duldete kein Wort für den Frieden, und wies alle Vorstellungen seiner deutschen Minister zurück. Darauf wurde auch Bolingbroke ungeduldig, und gab den Franzosen die Behauptung Straßburgs nach. Sonst wurde am 11. April 1713 der Frieden von Utrecht auf die erwähnten Bedingungen unterzeichnet. Der Kaiser war tief entrüstet, und das schwache Reichsheer mußte noch eine Campagne am Oberrhein machen, welche dann allerdings äußerst unglücklich ausfiel, und durch alle Talente

Eugen's nicht zum Bessern gewandt werden konnte,
zumal Carl's spanische Freunde sogar die Entsen-
dung der in Italien stehenden österreichischen Regimenter an den Rhein verhinderten. So ließ sich
endlich Carl VI., die erste Entrüstung einmal durch-
gemacht, durch die deutschen Minister überzeugen, daß
Bolingbroke freilich ein hassenswerther Verräther,
aber der Gewinn von Belgien und Mailand, von
Neapel und Sardinien doch nicht zu berachten sei.
Die Kosten seines langen Zögerns trug das deutsche
Reich, da im Frieden zu Rastadt und Baden 1714
die Franzosen außer Straßburg auch noch Landau
behielten. Eugen, der mit Marschall Villars selbst
den Frieden unterhandelte, hatte das Mögliche und
Unmögliche versucht, um die neue Einbuße zu verhüten, zuletzt aber dem großen, für Deutschland un-
günstigen Zusammenhang der Dinge weichen müssen.

So trat er mit nicht ungetrübter Stimmung aus
dem dreizehnjährigen Weltkampfe hervor, welcher ihm
die Fülle unsterblicher Lorbeeren gebracht, seinem er-
wählten Vaterlande die glänzendste Erweiterung zu-
gewandt, und die europäische Suprematie König Ludwig XIV. von Grund aus gebrochen hatte. Sein

Ruhm erfüllte ganz Europa, sein Name wurde in England wie in Deutschland gefeiert, und in Rastatt selbst hatte er sich die verehrende Freundschaft seines französischen Gegners erobert. Kaiser Carl, obwohl durch seine spanischen Neigungen gegen ihn abgekühlt, überhäufte ihn mit Ehren und Dotationen, und ernannte ihn zum Generalstatthalter der neu gewonnenen Niederlande. Ehe er jedoch sich den Geschäften dieser Verwaltung widmen konnte, eröffnete sich ihm im fernen Osten ein anderer Schauplatz gewaltigen Streitens, glorreicher Siege, unabsehbarer Erfolge.

Die Osmanen hatten die Verluste des Carlowitzer Friedens keineswegs verschmerzt. Es war ihnen gelungen, im Jahre 1711 dem russischen Czaren die Festung Asow wieder zu entreißen; im Jahre 1715 richteten sie ihren Angriff auf die Republik Venedig, um ihr die Halbinsel Morea wieder abzunehmen; sie meinten, daß Oesterreich nach dem langen französischen Kriege unmöglich werde interveniren können. Hier aber war Eugen mit Kaiser Carl vollständig eines Sinnes, daß unthätiges Zuwarten sowohl die Ehre als die Interessen Oesterreichs im hohen Grade gefährden müsse;

am 13. April 1716 wurde die Allianz mit Venedig
unterzeichnet, und im Laufe des Sommers ein Heer
von 65,000 Mann in der Nähe von Peterwardein
zusammengezogen. Dieses Mal war es dem Prinzen
gelungen, durch weitgreifende ökonomische, militäri=
sche und diplomatische Vorkehrungen die Mängel der
frühern Jahre fern zu halten; als er im Juli im La=
ger von Futak erschien und den Oberbefehl antrat,
konnte er mit stolzer Freude die vollzählige Mann=
schaft, die reichen Vorräthe, die wohlzuströmende
Verpflegung mustern. Die Mehrzahl der Leute kannte
den Krieg, alle waren von unbedingtem Vertrauen auf
ihren Führer erfüllt, und drängten mit der Gewißheit
des Sieges zum Kampfe. Ende Juli überschritt der
Großvezier Damad Ali mit mehr als 200,000 Mann
die Donau, und näherte sich der kaiserlichen Stellung.
In Eugen's Kriegsrath meinten die Einen, man solle
über die Donau zurückgehen, die Andern, man möge
sich im Lager verschanzen, sie Alle, die türkische
Uebermacht müsse man vorerst an den Wällen Peter=
wardein's sich verbluten lassen. Eugen aber verwarf
diese Meinungen sämmtlich. Die Truppen seien we=
niger zahlreich als die türkischen, aber viel zu gut,

um sie durch Verstecken hinter den Schanzen zu ent-
muthigen; der Soldat komme frisch aus dem Quar-
tier, sei wohlgenährt und streitbegierig — worauf
denn wolle man noch warten? Am 5. August rückte
er aus dem Lager, das Fußvolk in dicken Colonnen,
die Cuirassiere in schweren Massen zusammengefaßt;
ein wildes Getümmel entstand, in welchem die Spahis
einmal durch die Linie des Fußvolkes hindurchbrachen;
im Ganzen aber blieb man geschlossen, ging bald selbst
zum zermalmenden Angriff über, und bereits um Mittag
war Alles entschieden, der Großvezier todt, das feindliche
Heer zersprengt, eine unermeßliche Beute gewonnen.
Die unmittelbare Frucht des Sieges war die von
Eugen lang ersehnte Eroberung des Banates, dessen
Hauptstadt Temeswar nach tapferem Widerstand am
17. Oktober capitulirte. Aber dabei blieb die Ein-
wirkung von Eugens Waffenglück nicht stehen. Die
christliche Landbevölkerung des türkischen Reiches ertrug
die Herrschaft der Osmanen damals so widerwillig
wie heute und hatte in jener Zeit noch nicht gelernt,
auf Rußland als nächsten christlichen Genossen ihre
Blicke zu richten oder in dem römisch-katholischen
Oesterreich einen confessionellen Gegner zu sehen.

Vielmehr erblickten sie auch in diesem einfach eine christliche Macht, deren Waffen sich ihren Grenzen nahten, und weithin durch die Balkanhalbinsel knüpften sich an den Namen Eugen's die Hoffnungen der Raja. Die Bischöfe Albaniens sandten zu ihm um Befreiung vom muhamedanischen Joche, in den Kirchen der Walachei betete das Volk um seine Erlösung durch die Ankunft der Deutschen. Eugen ergriff mit Nachdruck die Aussichten, die sich an diese Bewegung knüpften. Jenen Bischöfen sandte er ermunternde Zusicherungen und hielt den ganzen Winter hindurch die Hoffnungen der Raja durch unablässige Streifzüge nach Bosnien, Serbien, der Walachei lebendig. Er selbst ging nach Wien, um persönlich für die Vorbereitungen zum nächsten Feldzuge zu wirken, und hatte die Genugthuung, daß die vereinten Kräfte der kaiserlichen Erblande und des deutschen Reiches, der römischen Kirche und der österreichischen Judenschaft die Kriegs=Casse reichlich füllten. In seinem Lager, als der glänzendsten Schule des großen Krieges sammelten sich Freiwillige aus halb Europa, die Söhne Max Emanuel's mit 6000 Mann bayerischer Truppen, ein Enkel Ludwig XIV., begleitet von einer glänzen=

den Schaar französischer Edelleute, ein portugiesischer,
zwei lothringische, eine große Anzahl teutscher Prinzen. Am 18. Juni 1717 ging Eugen über die Donau, um den Schauplatz seiner populärsten Waffenthat,
der Belagerung von Belgrad zu recognosciren. 61
Bataillone und 176 Schwadronen, im Ganzen etwas
über 100,000 Mann, führte er über den Strom —

> er ließ schlagen einen Brucken
>
> daß man konnt' hinüberrucken
>
> mit der Armee wohl für die Stadt.

Seine Lagerlinien, durch Schanzen und Batterien
gedeckt, umschlossen Belgrad im Süden von dem Ufer
der Donau bis zum Rande der Save, während eine
bewaffnete Flottille den Zugang der Festung von den
Wasserseiten verwehrte. Die Belagerung begann
sogleich mit großer Lebhaftigkeit, indessen hielt die
Besatzung standhaft aus und begrüßte mit lautem
Jubel am 30. Juli die von den Zinnen des Schlos-
ses wahrgenommene Ankunft des Entsatzes, mit welchem der Großvezier Chalil, den Kaiserlichen um die
Hälfte überlegen, einen Kanonenschuß weit von Eugen's
Schanzen am 1. August eine feste Stellung bei Krozka
bezog. Die Lage des christlichen Heeres war kritisch.

Rechts und links einen bedeutenden Fluß, hinter sich
die starke türkische Festung, vor sich das überzählige
feindliche Heer, welches sogleich durch eine unausge-
setzte Beschießung jeden Punkt des christlichen Lagers
unsicher machte — dazu die eigenen Truppen durch
die vierwöchentlichen Strapazen ermüdet, durch die
bisherigen Kämpfe auf 70,000 Mann vermindert,
von Mangel und Seuchen in immer wachsendem
Maaße heimgesucht. Eugen fand den Rückzug über
die Brücken im Angesicht des Gegners unmöglich;
das Abwarten eines feindlichen Angriffes hätte den
sichern Ruin durch Krankheit und Beschießung auch
ohne Kampf gedroht; er sah wieder die höchste Klug-
heit in der entschlossensten Kühnheit und beschloß auf
den 16. August die eigene Offensive, die Zerspren-
gung des feindlichen Entsatzheeres. Um Mitternacht
rückten die Colonnen, in tiefem Schweigen antretend,
hinaus auf das freie Feld; gegen Morgen legte sich
ein dicker Nebel über die Gegend, welcher die Annähe-
rung der Armee dem Feinde eine Weile verdeckte, dafür
aber auch einige Colonnen sich zu weit nach rechts
schieben ließ, so daß im Centrum der Schlachtreihe
eine bedeutende Lücke entstand. Zuerst auf dem rech-

ten Flügel stießen Palffy's Reiter im Dunkel auf einen feindlichen Laufgraben; der Alarm flog sogleich durch das türkische Lager und auf allen Seiten brach ein verwirrtes Fechten los. Niemand vermochte durch den Nebel weiter als zehn Schritte zu blicken; jeder warf sich auf den Feind, wo er ihn fand; bei der Enge des Raumes gab selbst der Donner des Geschütz- und Gewehrfeuers kein Urtheil über den Stand der Schlacht. Endlich zerriß gegen acht Uhr der frische Morgenwind den Nebel und entrollte vor Eugen's Augen in einem Moment das Bild der Lage. Seine beiden Flügel waren gewaltig vorgedrungen, im Centrum aber hatte das türkische Fußvolk Boden gewonnen und war eben im Begriffe, dem rechten Flügel der Kaiserlichen in Seite und Rücken zu fallen. Da brauste in Eugen selbst das alte Soldatenherz auf; er setzte sich persönlich an die Spitze seiner Reserven und stürzte sich auf die feindliche Colonne. Ein furchtbares Gemetzel entspann sich, und während das Fußvolk Angriff auf Angriff folgen ließ, ergriff der Prinz seine nächsten Reiterregimenter und schmetterte mit ihnen dem schweren Klumpen der Janitscharen in die Flanke. Damit war der letzte Widerstand gebrochen und die Niederlage des Feindes wie vorher auf den Flügeln, so jetzt auch im Centrum vollendet. Die Türken verloren zwölftausend Todte und Verwundete, fünftausend Gefangene, zweihundert Geschütze, fünfzig Fahnen, ihr ganzes Lager mit unendlichem Geräth. Sechs Tage nachher capitulirte Belgrad. Es war damit ganz Serbien der Botmäßigkeit der kaiserlichen Waffen unterworfen, und von dort und von Siebenbürgen aus die Donaufürstenthümer einem doppelten Angriff so völlig eröffnet, daß beide Hospodare sich zu Tribut und Kriegssteuer bequemten. Kaum 30,000 Mann zerrütteter und eingeschüchteter Truppen hatte der Großvezier noch beisammen, während die christliche Bevölkerung bis tief nach Albanien und Bulgarien hin in fieberhafter Erregung war. Ein kühner Ehrgeiz oder eine erregbare Phantasie hätte den Gedanken einer gänzlichen Vertreibung der Türken aus Europa fassen mögen; aber auch die ruhigste Erwägung durfte die Erwerbung der Moldau und der Walachei und damit den Besitz der Donaumündungen für gesichert halten. Mit dieser Abrundung hätte Oesterreich den Titel des Donaureiches zur Wahrheit gemacht und für Ungarn die

7

natürliche Bahn zum Meere gewonnen; es hätte auf
alle Zeit die entscheidende Stellung im Oriente eingenommen und das russische Reich in Europa von
jeder Berührung mit der orientalischen Frage abgeschnitten. Als die Pforte den Frieden begehrte, forderte denn Eugen, Februar 1718, um die Grenzen
der Christenheit sicher zu stellen, die Abtretung Bosnien's und Serbien's auf dem rechten, der Walachei
und halben Moldau auf dem linken Donauufer.

Während dieser stolze Antrag von den Diplomaten auf dem Congresse zu Passarowitz in kritische
Behandlung genommen wurde, haben im nassen Feld-
lager vor Belgrad die kaiserlichen Soldaten das
deutsche Lied erdacht, das Lied von Prinz Eugenius,
dem edlen Ritter.

III.

Als Prinz Eugen einst zu seinem ersten italienischen Feldzug abging, war der französische Marschall Villars in Wien, und Eugen drückte ihm beim Abschied Hochachtung und Freundschaft aus. Einige Hofleute wunderten sich darüber, daß Eugen in solchem Tone zu einem Feinde spreche; da rief Villars ihnen lebhaft zu: meine Herren, ich will Ihnen sagen, wo sich die wahren Feinde des Prinzen aufhalten; sie sind hier in Wien, so wie die meinigen in Versailles.

Eugen sollte jetzt die Richtigkeit dieses Wortes erfahren. Es war ihm nicht bestimmt, auf dem orientalischen Kriegsschauplatze vollständigere Erfolge als auf dem französischen zu ernbten. Dieselbe Ursache, welche hier trotz alles Siegesglanzes die diplomatischen Ergebnisse geschmälert hatte, wirkte auch dort mit nicht geringerer Schädlichkeit ein.

Kaiser Carl hatte sich in Rastadt mit Frank-

7*

reich, Philipp von Spanien in Utrecht mit England
und Holland versöhnt. Seit dem ruhten allerdings die
Waffen in ganz Westeuropa, aber zu einem förmlichen
Friedensschlusse zwischen den beiden Prätendenten selbst
war es nicht gekommen. Carl führte zu lebhafter Entrüstung des Madrider Hofes den Titel eines Königs von
Spanien und Großmeisters des goldenen Vließes
fort; Philipp nannte ihn stets nur den Erzherzog
und war entschlossen, bei der ersten Gelegenheit die
altspanischen Theile Italiens, Neapel, Sardinien,
Mailand seinem Reiche wieder zu gewinnen. Dieser
Gedanke wurde noch verstärkt, als er im September
1714 sich in zweiter Ehe mit Elisabeth Farnese von
Parma vermählte, welche bei dem bevorstehenden Aus-
sterben des farnesischen Mannsstammes in Parma oder
des mediceischen in Florenz, Erbansprüche auf diese Land-
schaften besaß. Elisabeth war in strenger und staats-
kluger Zucht herangewachsen; ihr lebhafter Sinn war
früh auf politische Dinge, auf Ehrgeiz und Macht-
besitz gerichtet, ihr rasches Temperament auf Fleiß,
Berechnung und Selbstbeherrschung gelenkt worden;
mit diesen Gaben wußte sie den arbeitsscheuen, me-
lancholisch hinbrütenden und reizbar auffahrenden

Gemahl bald sich völlig zu unterwerfen. Er konnte
ihre Gesellschaft nicht einen Augenblick bei Tag und
bei Nacht entbehren; sie war stets munter und un=
terhaltend, fügte sich jeder kleinen Laune, pries
jede seiner Schwächen, und lenkte so ihn bei allen
wichtigen Sachen nach ihrem Willen. Da ihre eige=
nen Söhne keine Hoffnung zur Thronfolge in Spa=
nien hatten, so wünschte sie ihnen Fürstenthümer in
Italien zuzuwenden, und der englische Gesandte
meldete demnach schon 1716 seiner Regierung, wer
dem spanischen Hofe das höchste Angebot in Italien
mache, könne unbedingt über dessen Eifer verfügen.

Politischen Rath nahm damals Elisabeth vor
Allem von Cardinal Alberoni, eines Gärtners Sohn
aus Piacenza, einem Zwerge mit dickem Kopfe, pocken=
narbigem Gesicht, verschwindend kleiner Nase und
mächtig breiten Schultern, welcher Küster, Jesuiten=
schüler, Intendant gewesen, dann Priester, Canoni=
cus, Abbate geworden, von frühe auf unendliche Lern=
begier, Anstelligkeit und Unermüdlichkeit entwickelt,
und während des Krieges sich dem Herzog von Ven=
dome durch scharfen Verstand, schnöde Witze und bur=
leske Schmeichelei empfohlen hatte. Durch diesen an

den spanischen Hof gelangt, hatte er ein allseitiges
Talent für Staatssachen bewährt, und eine Freude
war es, wie unter seiner einsichtigen Leitung Spanien
sich von den Nachwehn des Krieges erholte. Es
zeigte sich jetzt, daß der Verlust der Nebenlande ein
reiner Gewinn für die Krone war; die Verwaltung
und Behauptung Belgiens und Neapels hatten jähr=
lich große Summen gekostet; 1717 stand die Ein=
nahme des Staates viel höher als jemals unter den
Habsburgern, und Alberoni sagte dem König: nur
noch fünf Jahre Frieden, und Spanien soll so reich
und mächtig wie irgend ein Land Europa's sein.
Sein Wunsch war, den Frieden fort und fort zu er=
halten, aber um die Gunst seiner Herren zu bewahren,
mußte auch er ihren Eroberungsgelüsten schmeicheln
und wenigstens für die Zukunft Verwirklichung ver=
heißen. Damit untergrub er selbst sein Princip, und
als 1717 ein spanischer Prälat in Mailand verhaftet
wurde, und König Philipp dies als persönliche Be=
leidigung hoch aufnahm, war Alberoni nicht im Stande,
den Ausbruch des Krieges zu verhüten. Eine spa=
nische Flotte lief aus, die Insel Sardinien, und nach
deren Bezwingung auch Sicilien anzugreifen.

Die Gefahr für Oesterreich war eben nicht groß. Weder England und Holland, noch auch Frankreich, dessen Regent, der Herzog von Orleans, mit König Philipp persönlich zerfallen war, wollten einen Bruch des Utrechter Rechtszustandes dulden, und alle diese Mächte schlossen ohne Zaudern eine Allianz mit dem Kaiser zur Einschränkung des spanischen Ehrgeizes. Man erkannte darin allerdings die Erbansprüche Elisabeth's auf Parma und Florenz an, bekräftigte aber dem Kaiser den Besitz von Mailand und Neapel, und verbesserte noch seine Stellung, indem man ihm Sicilien überwies, während Piemont sich statt dessen mit Sardinien begnügen mußte. Carl hätte also allen Grund gehabt, dem spanischen Angriff mit Gemüthsruhe entgegenzusehen, und sich in dem aussichtreichen türkischen Kriege nicht beirren zu lassen.

Allein eine andere war die Stimmung in Wien. Carl war völlig in der Hand seiner spanischen Räthe, und diesen war Deutschland zuwider und der Orient gleichgiltig, während sie in den italienischen Provinzen, als einem Reste von Carl's spanischer Krone, die einzig werthvollen Kleinodien seiner Herrschaft sahen. Der Kaiser hatte aus ihnen einen sogenannten spa-

nischen Rath gebildet, und diesem die Verwaltung
Mailands, Neapels, Sardiniens ausschließlich übertra-
gen; alle höheren Aemter in diesen Provinzen wurden mit
Spaniern besetzt, und der liebste Traum ihres Ehrgeizes
war, von dort aus Spanien selbst zurück zu erobern.
Eine schöne Castilianerin, welche sich der hohen Gunst
des Kaisers erfreute, brachte ihren Gemahl, den völlig
unbedeutenden Grafen Althan, zu großem politischen
Einfluß, und dieser, ursprünglich ein eben so bescheidener
wie nichtiger Mensch, begann es bald unerträglich
zu finden, daß alle Welt nur vom Prinzen Eugen
rede, daß in allen Stücken nur nach der Meinung
des Prinzen Eugen gefragt werde, als wenn es gar
keine großen Männer gebe als den Prinzen Eugen.
Und dieser Prinz Eugen hatte nun gar kein spanisches Herz, hatte 1709 das spanische Sicilien opfern
wollen, um dem deutschen Reiche Straßburg zu gewinnen, hatte sich 1714 in Rastadt nicht um Cata-
lonien, sondern um Landau bekümmert, und antwortete 1717, als er schleunigst Truppen aus Ungarn
nach Neapel senden sollte, was denn an einer Lan-
dung von einigen Tausend Spanier in Italien viel
gelegen wäre. Die Spanier in Wien waren darüber

höchlich erzürnt, und Kaiser Carl war in diese Stim=
mung um so leichter hineinzuziehen, je weniger ihm
die unbedingte Freimüthigkeit des Prinzen zusagte.
Er war der ächte Sohn seines Vaters, gutmüthig,
und wohl gebildet, ein gelehrter Münzforscher und
so musikalisch, daß er wohl sein Orchester selbst diri=
girte, und als sein Capellmeister einmal ausrief:
Majestät könnten gleich Capellmeister werden, schmun=
zelnd antwortete: nun ich habe jetzt auch meinen
Unterhalt — in politischen Dingen aber begriff er
nicht, daß andere Menschen andere Meinungen oder
andere Standpunkte haben könnten als seinen habs=
burgischen, und wie er überhaupt etwas langsam be=
griff, so war er nach der Weise schwacher Geister
höchst mißtrauisch auf seine Selbstständigkeit, ließ
sich von schmiegsamer Mittelmäßigkeit lenken, und
scheute vor jedem aufrichtigen und bedeutenden Rath=
geber zurück. Althan verstand ihn eben an dieser
Stelle zu fassen, und Eugen's gerades Auftreten auf
das Gründlichste zu verdächtigen. Mit einem Worte,
der Sieger von Belgrad war in formeller Ungnade,
in dem Augenblick, wo er die Zukunft des Orients
in die Hand seines Herrschers zu legen im Begriff

ſtand. Carl beſchloß, ſo ſchnell wie möglich mit den
Türken Frieden zu ſchließen, um ſeine Truppen für
Italien verfügbar zu haben. Eugen bewährte hier
auf's Neue ſeine Selbſtverläugnung, und inſtruirte
ſelbſt, nachdem des Kaiſers Befehl ertheilt war, die
öſterreichiſchen Geſandten auf Herabſtimmung ihrer
Forderungen. Venedig mußte Morea in der Hand
der Türken laſſen, Oeſterreich begnügte ſich mit Bel=
grad und einem kleinen Bezirke der weſtlichen Wa=
lachei, und die ſchönen Träume, die Donau bis zum
Pontus zu gewinnen, die Herrſchaft des Halbmondes
zu zertrümmern, die entſcheidende und führende
Macht im Orient zu werden, waren, wer weiß auf
wie lange, zerronnen. Freilich kam es dann gegen
Spanien ſchnell zur Entſcheidung. Eine engliſche
Flotte ſchlug die ſpaniſche am Capo Paſſaro, ein
öſterreichiſches Heer dehnte ſich in Sicilien aus, ein
franzöſiſches Corps überſchritt die Pyrenäen. In
Madrid verlor König Philipp den Muth, Eliſabeth
fand die von der Allianz gebotene Beſtätigung ihrer
Erbanſprüche auf Parma und Florenz unwiderſteh=
lich; die Schuld der ſonſtigen Kriegsunfälle wurde
auf Alberoni geworfen, und der Miniſter in plötzlicher

Ungnade des Landes verwiesen. Spanien nahm
darauf die Bedingungen der Verbündeten an, und der
Kaiser sah seine italienische Herrschaft glänzender
als jemals abgerundet.

Eugen, nach Wien zurückgekehrt, behielt äußer=
lich durchaus die bisherige hohe Stellung als Prä=
sident des Hofkriegsrathes, Conferenzminister und
Generalgouverneur der Niederlande. Aber sein per=
sönliches Verhältniß zum Kaiser war zerstört. Seine
spanischen Gegner verbargen kaum den Wunsch, ihn
völlig aus Oesterreich zu entfernen; er selbst warnte
wohl seine Freunde, bei irgend einer Bitte sich nicht
von ihm empfehlen zu lassen, weil dann die Abwei=
sung sicher sei. Anerkannter Maaßen war er das
Haupt der deutschen Partei des Hofes, und nach wie
vor in engem Verhältniß mit Gundacker Stahremberg,
der sich übrigens so viel wie möglich aus den poli=
tischen Streitigkeiten hinter seine Finanztabellen zu=
rückzog. Die Lage war um so zerfahrener, als ein
Theil der deutschen Staatsmänner, wie die Grafen
Schlik und Windischgrätz, obwohl den Spaniern
gleich feindselig, aus persönlicher Eifersucht auch von
Eugen sich trennten und eine dritte Partei bildeten.

Im Jahre 1719 kam es so weit, daß der Schwager
Althan's, ein junger Graf Nimptsch, der als lustige
Person bei Carl VI. wohlgelitten war und sich Man-
ches herausnehmen durfte, eine Reihe bestimmter An-
klagen gegen Eugen, auf verrätherische Umtriebe mit
Bayern und dem österreichischen Adel, dem Kaiser
zutrug, während ein politischer Abenteurer, Abbate
Tedeschi, eine Creatur des sardinischen Gesandten,
die Beweise dafür zu liefern versprach. Glücklicher
Weise erhielt Eugen Nachricht von diesen Umtrieben,
und faßte seinen Entschluß mit derselben Kraft und
Schnelligkeit wie auf dem Schlachtfelde. Er erschien
vor dem Kaiser, er selbst als Kläger, mit der Forderung scharfer Strafe gegen die Verläumder, sonst
werde er auf der Stelle Oesterreich und den kaiserlichen Dienst verlassen. Dieser ruhigen Festigkeit
war Carl nicht gewachsen. Eine Criminaluntersuch-
ung wurde gegen Nimptsch und Tedeschi eröffnet,
jener zur Festung, dieser zur Landesverweisung verur-
theilt, und Eugen's Ehre auf das Glänzendste hergestellt.
Seitdem wagten die Gegner keinen offenen Angriff
mehr; des Kaisers Stimmung gegen Eugen war aber
durch diese Demüthigung nicht verbessert, und der

Gegensatz der Factionen dauerte in den Geschäften mit gleicher Bitterkeit fort. Nimmt man zu diesen Spaltungen die unsichere Natur des Kaisers hinzu, so begreift man die Stockung der Arbeiten, die Unbehülflichkeit der Verwaltung, das Schwanken der auswärtigen Politik, welche die Folge solcher Verhältnisse sein mußten.

Auch das Genie des Prinzen war nicht vermögend, in seinem besondern Fache, in der Verwaltung des Heerwesens, überall den Uebelständen der Lage zu steuern. Zunächst dauerte die Finanzklemme fort. Der Kaiser hatte in dieser Hinsicht manche vortreffliche Wünsche: in seinen spanisch-italienischen Beziehungen hatte er die Wichtigkeit von Seehandel, Colonien, Kriegsflotten kennen gelernt und meinte, daß durch ihre Erschaffung Oesterreich neue Reichthümer gewinnen und seine Macht verdoppeln würde; er verfügte also Schiffs- und Hafenbauten in Triest, bewirkte die Anlage einer Handelscompagnie in Ostende und war zu jeder Unterstützung eines hierhin einschlagenden Planes bereit. Prinz Eugen wußte so gut, wie ein Anderer, was eine stolze Flotte bedeute: aber vor seinem unbarmherzig klaren Blicke lag die

nackte Thatsache, daß weder die kurze belgische noch
die ganz beschränkte Triestiner Küste, weder das in-
dustriell unentwickelte Land noch der im ewigen Deficit befindliche Staatsschatz den Stoff zu einer großen Marine liefern könnten. Carl's Pläne nahmen
sich ihm nicht viel anders aus als die Austernbänke
in den Wiener Gärten; er nannte die maritimen
Berather des Kaisers windige Projectenmacher und
sah mit schmerzvollem Aerger die Millionen in dieser,
wie er überzeugt war, hoffnungslosen Spielerei zer-
rinnen. Die Einnahmen des Reiches kamen auch jetzt
nicht über 14 Millionen Gulden; davon wurden ihm
acht für die Kriegsverwaltung überwiesen und demnächst
der Bestand des Heeres auf 70,000 Mann gestellt.
Als während des Friedens die Lande sich erholten
und die Einnahmen sich besserten, wurde der Soll-
Etat des Heeres allmählich auf 150,000 Mann er-
höht. Allein wir werden sehen, wie weit die Wirklichkeit hinter dem papierenen Befehle zurückblieb. Die
Haupturfache lag ohne Zweifel in der traurigen Be-
schaffenheit der Gesammtregierung: von aller Schuld
aber wird man den Prinzen schwerlich freisprechen
können, da auch in späteren Jahren, wo sein Einfluß

stärker und schrankenloser als jemals früher war, das Ergebniß sich nicht wesentlich verbesserte. Ich bemerkte schon, daß er bei höchstem Fleiße, strenger Gewissen= haftigkeit im Großen und etwas pedantischer Umständ= lichkeit im Einzelnen nicht die regelrechte, stets sich gleichbleibende, täglich wiederkehrende Genauigkeit des Geschäftsmannes besaß, und man kann sich denken, wie dieser Mangel durch das widerwärtige Treiben der Hofparteien die factiöse Vereitelung der besten Anträge, die ewige Fruchtlosigkeit der ernstlichsten Maßregeln nicht verbessert werden mochte.

Von den amtlichen Verdrießlichkeiten erholte sich der Prinz täglich während einiger Abendstunden in vertrautem Kreise bei der geistreichen und charaktervollen Gräfin Batthhany; er machte dort sein kurzes Spiel Piquet, die einzige Unterhaltung, die er ungern ent= behrte; sonst bewegte sich das Gespräch auch dort um geistig = ernste, politische oder wissenschaftliche Dinge. Von Ergötzung, Ruhe und Genuß ist überhaupt in diesem Lebensgange kaum etwas zu melden. Verhei= rathet ist Eugen niemals gewesen, und noch weniger hat er sein Herz einem andern weiblichen Einfluß geöffnet, so daß ein italienischer Schöngeist ihn des=

halb einmal als den Mars ohne Venus gepriesen hat.
Seine einzige Erfrischung war Wechsel der Thätigkeit. Von den Staatgeschäften ruhte er aus in der
eifrigen Pflege und Bewirthschaftung seiner Güter,
in einer weiten Correspondenz mit den bedeutendsten
Männern Europa's, in einer regen und mannichfalti-
gen Beschäftigung mit Kunst und Wissenschaft, wo
sein Interesse unerschöpflich, seine Kenntniß sehr um-
fassend, sein Geschmack ebenso gebildet als vielseitig
war. Noch heute ragt das von ihm aufgeführte
Belvedere unter den Prachtbauten Wien's hervor; in
dem Parke desselben unterhielt er mit naturwissen-
schaftlichem Interesse eine sehr bedeutende Menagerie;
seine Verbindungen in ganz Europa benutzte er vor
Allem, um schöne Ausgaben werthvoller Bücher,
Handzeichnungen berühmter Künstler, Kupferstiche in
den besten Abdrücken zusammenzubringen. Leibnitz
überreichte ihm eines seiner philosophischen Haupt-
werke, die Monadologie, und Eugen bewahrte das
Manuscript in reich verziertem Behälter als eine
seiner werthesten Kostbarkeiten. Den französischen
Dichter Baptist Rousseau zog er längere Zeit in seine
nähere Umgebung, und niemals, sagte Rousseau,

habe ich in einem Manne so viel Größe mit so viel
Einfachheit verbunden gesehen, kalt bei der ersten
Begegnung, vertraulich bei längerem Umgange, ein
weit größerer Bewunderer der Tugenden Anderer als
seiner eigenen. Der Poet, welcher durch seine sath=
rischen Gedichte sich manchen Verdruß zugezogen, dachte
sich von seiner Kunst hinweg und der Geschichtschrei=
bung zuzuwenden. Der Prinz rieth ihm ab: über
vergangene Zeiten sei es fast unmöglich, die authen=
tischen Documente zu erlangen; die Geschichte der
Gegenwart aber zu schreiben, sei ebenso schwierig wie
gefährlich — es gibt, sagte Eugen, immer Macht=
haber und ganze Völker, die nicht gewinnen, wenn
man selbst schonend und leidenschaftslos von ihnen
die Wahrheit sagt.

Er hatte damals doppelte Ursache zu diesem
Satze. Kaiser Carl war eifrig beschäftigt, ein Stück
Geschichte solcher Art zu liefern.

Wie vor zwanzig Jahren in Spanien, war jetzt
in Oesterreich das habsburgische Haus seinem Erlö=
schen nahe. Wieder regte sich in Europa der Streit
der Ansprüche und der Interessen schon im Voraus
um das gewaltige Erbe und wurde für drei Jahr=

zehnte der Brennpunkt aller großen Politik. Einst
hatte Kaiser Joseph I. verordnet, daß nach dem Aus-
sterben des Mannsstammes seine Töchter folgen
sollten, von denen die eine späterhin nach Bayern,
die andere nach Sachsen verheirathet wurde. Aber
schon im Jahre 1713 erklärte Carl VI., daß jeder
Kaiser das Recht habe, jedes Gesetz seines Vorgängers zu ändern, und so that auch er mit jenem Erbgesetz, indem er durch die sogenannte pragmatische Sanction
die Verfügung traf, daß bei fehlendem Mannsstamme
seine eignen Töchter, und erst nach diesen und deren
Nachkommen die Töchter seines Bruders erben sollten. Dagegen stand außer den Ansprüchen dieser
Prinzessinnen in Bezug auf das Churland Böhmen noch
zweierlei in Widerspruch, einmal das Reichsgesetz,
wonach ein Churland nicht in weiblicher Linie ver-
erbte, sodann ein Vertrag Bayerns mit Ferdinand I.
1546, welcher nach dem Abgange von Ferdinands
Mannsstamme den bayerischen Herzogen Böhmen zusi-
cherte. Es waren also, um die pragmatische Sanction
zu sichern, eine Menge Schwierigkeiten aus dem
Wege zu räumen: es bedurfte der Zustimmung
der Landstände in den Kronlanden, der Genehmigung

des deutschen Reichstags, und eines festen Rückhalts in Europa gegenüber der Feindseligkeit der andern Prätendenten. Die landständische Einwilligung wurde ohne Mühe beigebracht, und hierauf war Eugen der Meinung, man solle jetzt vor Allem auf ein starkes Heer und einen reichen Schatz bedacht sein, und dann in fester Ruhe erwarten, wer einen Widerspruch wagen würde. Aber Kaiser Carl wollte nach seiner Sinnesweise seine Garantien schwarz auf weiß, mit Brief und Siegel haben. Er übersah, daß er sich mit der Eröffnung solcher Unterhandlungen in ein grenzenloses Labyrinth begab: je wichtiger die Sache war, desto sicherer kamen alle europäischen Interessen in Bewegung. Gleich der erste seiner Versuche gab die übelste Vorbedeutung für die Weise, womit in Wien damals die entscheidenden Fragen behandelt wurden.

Wir sahen, wie gegen die spanischen Eroberungsversuche das englisch-französische Bündniß zu Gunsten Carl's entscheidend und durchgreifend auftrat. Nach dieser Erfahrung und nach der ganzen Weltlage war nichts klarer: wollte Oesterreich nicht bloß, wie Eugen gerathen, sein Heil in die eigene Kraft setzen,

8*

wollte es für die pragmatische Sanction eine formelle
Anerkennung Europa's, so mußte es vor Allem sein
französisch = englisches Bündniß hegen und pflegen.
Dazu stimmte sehr gut ein Zweites: wollte man An=
erkennung der Sanction in Deutschland, so kam schon
damals das Meiste auf Preußen an, welches, ob=
wohl an Umfang fünfmal kleiner als Oesterreich,
durch stramme Verwaltung und Ordnung ein ebenso
starkes Heer und eine ebenso große Einnahme wie
der Kaiser besaß, und welches damals auch mit
Frankreich und England in bestem Einvernehmen stand.
Offenbar wiesen alle Umstände den Kaiser auf ein
gutes Verhältniß zu diesen Höfen.

Allein das gerade Gegentheil trat ein. Carl hatte
den Engländern den Verlust der spanischen Krone
trotz der letzten guten Dienste nicht vergessen, und
diese Abneigung erhielt frische Stärke, als man in
London aus Handelseifersucht der Lieblingsschöpfung
des Kaisers, der ostendischen Compagnie, alle mög=
lichen Hindernisse in den Weg legte. Nun geschah,
daß Carl's bitterster Gegner, König Philipp von
Spanien, seinerseits in heftiges Zerwürfniß mit den
großen Westmächten gerieth. Es war die Heirath des

jungen Ludwig XV. mit einer spanischen Infantin ver=
abredet, und diese bereits nach Paris zu französischer
Erziehung hinüber gesandt worden. 1725 aber kam
die französische Regierung auf andere Gedanken, und
schickte ohne alle Umstände die arme Infantin plötz=
lich über die Pyrenäen zurück. Eine so schimpfliche
Behandlung mußte in Madrid einen Sturm der Ent=
rüstung bewirken. Der König rief seinen Gesandten
ab, die Königin sagte dem französischen Botschafter
in's Gesicht: alle diese Bourbonen sind ein Geschlecht
von Teufeln — mit Ausnahme Ew. Majestät, setzte
sie, sich besinnend, ihrem Gemahle hinzu. Unter die=
sen Umständen kam bei der leidenschaftlichen Fürstin
der Gedanke zum Durchbruch, bei solchen Beschwerden
gegen England und Frankreich, es einmal mit einer An=
näherung an den heftigsten der bisherigen Widersacher,
an Oesterreich zu versuchen. Ein holländischer Baron
Ripperda, der unter Alberoni in Madrid emporge=
kommen, ein rühriger, selbstgefälliger, etwas windi=
ger Diplomat, der weder Schwierigkeiten noch Ge=
wissensscrupeln kannte, kam in tiefem Incognito nach
Wien, um die vertrauteste Allianz der beiden Kronen
und insbesondere die Vermählung der beiden Söhne

Elisabeth's mit zwei Töchtern des Kaisers vorzu=
schlagen. Eugen, von dem Kaiser befragt, erhob sich
mit vollem Nachdrucke dagegen, und sein Freund
Stahremberg fragte geradezu, ob man Oesterreich
zur spanischen Provinz machen wolle. Aber um
so lebhafter wirkte die spanische Partei zu Rip=
perda's Gunsten; der Kaiser entschied nach ihrem
Sinne, und im April und Mai 1725 wurden mehrere
Verträge geschlossen, auf engste Freundschaft, gute
Handelspolitik, die Verheißung jener beiden Heirathen;
falls England und Frankreich dagegen wären, würde
man Krieg gegen beide auf das Aeußerste führen;
und endlich wollten beide Mächte zusammenstehen ge=
gen alle Ungläubigen, gegen Türken und Protestan=
ten. Es schien damit die Politik des vereinten
Oesterreich=Spanien aus den Zeiten Carl V. noch
einmal auf dem Schauplatz der europäischen Politik
zu erscheinen. Czar Peter I. von Rußland, damals
gegen England wegen dänischer Händel erbittert, war
bereit, zum österreichisch=spanischen Bunde hinzu zu
treten; es hatte das Ansehen, als sollte das Kriegs=
feuer wieder durch ganz Europa von Gibraltar bis
zur Newa aufprasseln.

Natürlich blieb gegen ein so überraschendes Auf=
treten eine starke Reaction nicht aus. Je mehr man
die einzelnen Bestimmungen der Wiener Verträge
mit Geheimniß umgab, desto mißtrauischer griff der
einmal aufgeregte Argwohn in seinen Vermuthungen
umher. England und Frankreich zogen ihr Bündniß
fester; Dänemark und Holland, Sardinien und Bayern
näherten sich ihnen, und im September 1725 entschloß
sich auch König Friedrich Wilhelm I. von Preußen, mit
England einen Bundesvertrag zu Hannover einzugehen.
Er war in diesem Augenblicke erzürnt auf den Kaiser
wegen kirchlicher Zänkereien im Reiche, und vor Allem,
auch er hatte eine Erbschaftssorge, an der er unbe=
dingt zu fassen war. Falls der kinderlose Churfürst
von Pfalz=Neuburg stürbe, erhob der König gewisse
Ansprüche auf das Herzogthum Berg, stieß damit
aber auf lebhaften Widerspruch bei Pfalz=Sulzbach,
Holland, Sachsen, endlich auch beim Kaiser. Als
jetzt England und Frankreich dem König ihre Unter=
stützung in dieser Sache versprachen, konnte Friedrich
Wilhelm nicht widerstehen, warf seine kaiserliche Ge=
sinnung hinter sich, und zeichnete die Allianz mit
den Westmächten. Bei der ersten feindseligen Re=

gung Oesterreichs sollten zu gleicher Zeit Neapel, Mai=
land und Schlesien angegriffen werden.

Wenn eine solche Coalition den Kaiser auf das
Gefährlichste bedrohte, so zeigte sich bald, wie wenig
solide Stütze ihm das spanische Bündniß gewährte.
Die verheißenen Zahlungen wurden sehr unvollstän=
dig geleistet, von ernsten Rüstungen war in Spanien
keine Rede, und gerade über den wichtigsten Punkt,
über die Verheirathung der jungen Erzherzoginnen,
kam man in ärgerliche Differenzen. Genug, Kaiser
Carl wurde in nachdrücklicher Weise inne, welch' ein
Fehler seine spanische Allianz gewesen, wie richtig
Eugen die Folgen derselben vorausgesagt, und ein
völliger Umschlag trat in der Gesinnung des Kaisers
ein. Althan war gestorben und Eugen rückte in den
bestimmenden Einfluß wieder höchst entschieden an die
erste Stelle. Sofort nahm Oesterreich's Politik eine
andere Gestalt an.

Ohne die bisherige Freundschaft mit Spanien
übereilt zu lösen, ohne den bisher feindlichen See=
mächten eine demüthigende Concession zu machen, gab
Eugen doch dem Kaiserhofe sofort eine völlig ver=
änderte Haltung. Zunächst wies er mit dem höch=

sten Nachdrucke auf Oesterreichs natürliche Verbün=
dete, auf die deutschen Staaten, und vor Allem auf
deren mächtigsten, auf Preußen. Dessen König hatte
1709 den belgischen Feldzug unter ihm mitgemacht,
und ihm seitdem die höchste persönliche Neigung und
Verehrung gezollt; Eugen schickte jetzt den General
Seckendorff nach Berlin, einen Offizier aus fränkischer
Familie, der in holländischen, deutschen, preußischen
und österreichischen Diensten sich bewegt, vielfache
Studien gemacht, und ein großes Talent, die ver=
schiedensten Menschen zu beobachten und zu bearbei=
ten, ausgebildet hatte. Schon bei einer frühern Sen=
dung hatte er die volle Gunst des Königs gewonnen,
indem er mit ihm exercirte, rauchte und zechte, ihn mit
derben Soldatenspäßen ergötzte, Sparsamkeit, Kirchlich=
keit und Treuherzigkeit zur Schau trug, vor Allem aber
des Königs reizbare Laune mit dem größten Geschicke zu
behandeln wußte. Kaum sah ihn Friedrich Wilhelm,
so fragte er ihn: Sie meinen auch wohl, Herr Ge=
neral, ich sei gut hannoverisch? — und als Secken=
dorff bejahte: Auf Officiersparole, ich bin besser kai=
serlich als hannoverisch. In der That lag diesem
Hohenzollern die kaiserliche Gesinnung, welche sein

Haus durch drei Jahrhunderte bethätigt hatte, tief
im Blute; der Trieb der Selbstständigkeit, zu welcher er seinen Staat emporhob, konnte ihn momentan
davon hinwegträngen, wohl im Herzen war ihm aber
nur, wenn er sich in kaiserlicher Freundschaft wußte,
und dann ein derbes Vivat Germania deutscher Nation rufen konnte. So ging die Verständigung rasch
und leicht von Statten. Zwar zu einer Allianz
kam es noch nicht, weil dafür Preußen ein für
allemal die Anerkennung seines bergischen Erbrechts
begehrte, und Kaiser Carl nicht so entschieden mit
Pfalz-Sulzbach brechen wollte. Immer aber war
ein Großes erreicht; der König war von dem hannover'schen Bunde abgelöst und zur Neutralität zurückgekehrt. Die Spanier, welche unterdessen ihrerseits
den Krieg gegen England vor Gibraltar eröffnet hatten, drängten den Kaiser um so heftiger, Ernst mit
den Wiener Verträgen zu machen, ebenfalls zum
Schwert zu greifen und zugleich die Ehe der jungen
Maria Theresia mit dem Infanten Don Carlos zum
Vollzug zu bringen. Aber wir wissen, wie völlig
der Wind in der kaiserlichen Hofburg umgeschlagen
war. Der Kaiser war von allen spanischen Sym-

pathien geheilt; die Kaiserin hatte für ihre zehn=
jährige Tochter, ohne erst die hohe Politik zu fragen,
bereits nach ihrem Sinne einen Gemahl in dem
jungen Herzog Franz von Lothringen ausgesucht,
und Prinz Eugen war sehr bereit, die ablehnende
Antwort an den Madrider Hof zu redigiren. Zu
alledem kam hinzu, daß auch die Berliner Verhand=
lung wieder aufgenommen war; Seckendorff hatte end=
lich die runde Anerkennung des bergischen Erbanspru=
ches überbracht, und der König war darauf zu Allem
bereit, zu engster Allianz, zur Garantie der prag=
matischen Sanction, zur Verheißung, den künftigen
Gemahl Maria Theresia's zum Kaiser zu wählen,
nur müsse, setzte hier der König hinzu, dieser Gemahl
ein Deutscher sein; keinen Spanier, sagte er, keinen
Franzosen, einen Deutschen wollen wir. Hierauf
wurde dann, nachdem Eugen den möglichst höflich ab=
gefaßten Korb nach Madrid geschickt hatte, Decem=
ber 1728 in Berlin gezeichnet. Das erste große
Ziel, die entscheidende deutsche Allianz, war erreicht,
in einem Grade, wie es niemand hätte vermuthen
können. Bei allen deutschen Höfen warb von nun
an der König für Oesterreich; Degen und Pistolen

sagte er, will ich meinen Kindern in die Wiege legen,
daß sie für den Kaiser fechten lernen. Seckendorff,
welcher mehreren preußischen Ministern ansehnliche
Pensionen bezahlte, war viele Jahre hindurch der
mächtigste Mann am preußischen Hofe und der
eigentliche Lenker der preußischen Politik. Schon
etwas früher hatte Oesterreich auch in Petersburg den
Abschluß eines förmlichen Bundesvertrags erreicht;
Eugen fand jetzt festen Boden unter seinen Füßen:
wenn Kaiser, Brandenburg und Muscovia zusammen-
halten, sagte er, wer will den drei Adlern etwas an-
haben? Die heilige Allianz, die in unserer Zeit ein
Menschenalter hindurch Europa gelenkt hat, schien
damals keine geringere Rolle spielen zu sollen.

In Madrid hatte unterdessen die kaiserliche Ab-
sage natürlich bitter böses Blut gemacht. In der
That, Königin Elisabeth hatte Unglück in den Hei-
rathsplänen für ihre Kinder, und empfand es auf
das heftigste. Wie einst die Rücksendung ihrer Tochter aus Paris sie in die Freundschaft Oesterreichs
getrieben, so warf jetzt umgekehrt der Unglücksbrief
aus Wien sie wieder den Westmächten in die Arme.
Sie bot den Engländern alle ersinnlichen Handels-

vortheile, wenn zur Sicherung ihres Erbanspruchs
Parma und Toscana schon jetzt mit spanischen Gar=
nisonen belegt würden. Gegen diesen Wunsch hatte
man weder in London noch in Paris etwas einzu=
zuwenden; beide Höfe standen mit Wien noch immer
auf schlechtem Fuße, und gaben demnach dem spani=
schen Antrag 1729 ohne Schwierigkeit ihre Zustim=
mung. So hatten sich die Allianzverhältnisse völlig
umgekehrt: 1725 standen Oesterreich, Rußland, Spa=
nien gegen England, Frankreich, Preußen, 1729 aber
Oesterreich, Rußland, Preußen gegen England, Frank=
reich, Spanien. Prinz Eugen wünschte, wie er im
deutschen Reiche die Freundschaft Preußens gewonnen,
weiter in Europa mit England wieder in besseres
Vernehmen zu kommen. Er wußte aber, daß man
einen starken Widersacher besser dadurch bekehrt, daß
man ihm Respekt einflößt, als daß man ihm un=
sichere Furcht zeigt. Er trat also zunächst sehr ka=
tegorisch auf, erklärte, daß er das Erscheinen eines
einzigen spanischen Soldaten in Italien als Kriegs=
fall betrachten würde, und ordnete die bedeutendsten
Rüstungen an.* In England redete man nicht weni=
ger heftig und tapfer; überall waren für's Erste die

Diplomaten der beiden Höfe in lebhaftem Hader, und insbesondere lieferten sich an dem Berliner Hofe der englische und der österreichische Einfluß noch einmal einen Kampf von wahrhaft verhängnißvollen Folgen.

König Friedrich Wilhelm I. war, wie bekannt, kein Fürst von einnehmender Art. Er war durch und durch Despot, in seinem Hause, seinem Heere, seinem Staate, und dabei ungebildet, jähzornig und beschränkt. Aber er hatte zwei Eigenschaften, die seinen Despotismus selbst zum Vortheil seines Landes machten, einen unbedingten Trieb zur Selbstständigkeit und einen unerschütterlichen rechtschaffenen Willen. Unaufhörlich vermehrte er sein Heer, stählte es durch eine unbarmherzige Disciplin, übte es mit eisernem, genauem, kleinlichem Fleiße; ein Fürst, sagte er, der keine Soldaten hat, findet keine Achtung in der Welt. Mit diesem Sinne für militärische Ordnung, Unterwerfung und Zucht griff er dann die gesammte Landesverwaltung an, nahm alle Gemeinden unter die strenge Aufsicht seiner Beamten, und stellte diese unter den Griff einer großen Centralbehörde, des Generaldirectoriums. Mit dem Eifer des Hausvaters war er selbst mit dessen Acten beschäftigt, und theilte seine

übrige Zeit zwischen Besichtigung seiner Domänen
und seiner Rekruten. Während damals die meisten
Staaten sich überhaupt nicht um den Wohlstand der
Unterthanen bekümmerten, und die meisten Höfe das
Mark des Landes in liederlichem Prunke verschlemmten,
reglementirte der König den Bau jedes Privathau=
ses, jagte die Bürger von der Kegelbahn an die Ar=
beit, ließ keinen Athemzug im Lande ohne Aufsicht
und Benützung, aber hatte selbst auch keine andere
Freude als diesen Beruf, arbeitete, sparte, knauserte,
und gönnte sich keinen Genuß als ein Glas Bier
und eine Pfeife Tabak. Er war weder weitblickend
noch vielseitig; er verachtete die Kunst als weibisches
Wesen und mißtraute der Wissenschaft als einer
Schule der Gottlosigkeit; er drückte den Verkehr durch
Handels= und Luxusverbote, um, wie man sich aus=
drückte, das Geld im Lande zu behalten. Aber in
allen seinen Provinzen blühte der Ackerbau, wie sonst
in Europa nur noch in Belgien und England; der
Staatsschatz war zum Ueberfließen gefüllt, das Heer
galt aller Orten für musterhaft, wenn gleich Prinz
Eugen nicht recht traute, ob diese Paradesoldaten sich
auch im Kriege bewähren würden.

Hielten sich so im Staatswesen seine guten und üblen Eigenschaften die Waage, so machte er troß aller Rechtschaffenheit aus seinem Hause durch brutale Heftigkeit und grenzenlose Rohheit den Seinigen eine Hölle. Der damals 17jährige Kronprinz Friedrich machte ihm nichts recht; er hatte Freude an Literatur und Flötenspiel und zeigte keinen Eifer für orthodoxe Kirchlichkeit, und das war genug für den Vater, ihn für einen effeminirten Kerl zu erklären, und ihn bei jedem Anlaß mit Scheltworten und Püffen zu miß= handeln. Seine Kinder hatten keinen lebhafteren Wunsch, als das väterliche Haus zu verlassen, und waren ihrer Mutter, einer englischen Prinzeß, mit Entzücken dankbar, als sie den Gedanken auf die Bahn brachte, Sohn und Tochter mit Kindern ihres Bruders, des König Georg von England, zu verhei= rathen. Friedrich Wilhelm war nicht unbedingt da= gegen, und eine officielle Unterhandlung spann sich an. In Wien entstand damit die lebhafte Besorg= niß, ob durch diese Heirathen Preußen nicht dem Kaiser entfremdet werden würde, und Eugen entschloß sich, so lange England dem Kaiser feindselig bleibe, den Heirathen entgegen zu arbeiten. Besonnen und

billig wie er war, wünschte er nicht in heftiger Weise
Partei zu nehmen, befahl vielmehr den General Se=
ckendorff, vor allem bei der Königin und dem Kron=
prinzen selbst sich Einfluß zu verschaffen, und bei
diesen in freundlichem Sinne zu wirken. Seckendorff
aber, der hier nicht viel ausrichtete, und um jeden
Preis die Engländer zurückschlagen wollte, bot dann alle
Mittel auf, um bei dem Könige die Wünsche des
Kronprinzen zu hintertreiben; mit Bestechung, Um=
trieben und Intriguen aller Art gelang es ihm, und
der englische Gesandte reiste endlich nach einer hef=
tigen Scene aus Berlin hinweg. Der junge Fried=
rich, verzweifelt und außer sich, versuchte dann 1730 dem
Vater zu entfliehen, wurde verrathen, verhaftet, als
Deserteur vor Gericht gestellt. Der Kaiser so wie
Prinz Eugen verwandten sich ernstlich für sein Leben,
waren dann aber bemüht, ihm eine Braut nach dem
Sinne der österreichischen Politik auszusuchen, und
erst als Friedrich sich zu dieser Verbindung entschlos=
sen, erhielt er die vollständige Verzeihung seines Va=
ters. Es war eine ziemlich unscheinbare Prinzeß
von Braunschweig=Bevern, deren Familie damals dem
kaiserlichen Hofe unbedingt ergeben war. Friedrich

hatte sich lange Zeit auf das heftigste gesträubt, und warf einmal, um der verhaßten Partie zu entrinnen, den Gedanken hin, ob man ihn nicht mit Maria Theresia vermählen wolle. Ein Vorschlag, der wie keiner Erörterung bedarf, die ganze Zukunft Deutschlands und Europa's umgestaltet haben würde. Eugen aber war unerbittlich. Er war wie Seckendorff der Meinung, daß Friedrich's Antrag nur ein Fallstrick für die österreichische Partei in Berlin sein sollte. „So sehr nun auch, schrieb er dem Gesandten, hieraus des Prinzen Falschheit abzunehmen ist, so sehr erhellt doch aus diesem Projecte, was für weit aussehende Ideen dieser junge Herr habe. Wiewohl selbe noch flüchtig und nicht ganz überdacht sind, muß es ihm doch an Lebhaftigkeit und Vernunft gar nicht fehlen. Um so gefährlicher dürfte er aber auch mit der Zeit seinen Nachbarn werden, wenn er von seinen gegenwärtigen Grundsätzen nicht abgebracht wird. Dies ist jedoch ohne die Heirath mit der Prinzeß von Bevern nicht zu hoffen, sondern vielmehr zu fürchten, daß je härter der König mit ihm umgeht, er desto mehr auf seinen Gedanken beharren, und Alles, was jetzt der Vater thut, seiner Zeit umändern wird.“

In der That blieb in den Herzen Friedrich's aus diesen Vorgängen ein tiefer scharfer Stachel zurück. In den Verhältnissen Preußens lag an sich selbst der Trieb zur Emancipation von der kaiserlichen Vormundschaft: bei dem Vater wurde er stets noch durch die überlieferte reichsfürstliche Anhänglichkeit an den Kaiser zurückgehalten; diese aber war jetzt bei dem Sohne gründlich und für alle Zeit seines Lebens ausgetilgt.

Man wird hienach es nicht in Abrede stellen können: es war ein Fehler, daß Eugen sich in die Familienhändel des Berliner Hofes so weit einließ. Und dieser Fehler war um so weniger motivirt, als die Feindseligkeit gegen England, welche das Ganze veranlaßt hatte, dem Prinzen, wie wir sahen, keineswegs als eine tiefe, kaum als eine ernstliche erschien. Er dachte an nichts weniger, als die Dinge mit London zum Bruche zu treiben. Im Gegentheil, es zeigte sich bald, daß er seinen Widerspruch gegen die spanischen Garnisonen in Parma und Florenz nur als Mittel zu einem weiteren Zwecke, zur Durchführung der pragmatischen Sanction gebraucht hatte. Es dauerte nicht lange, so deutete er an, daß er die Ankunft der Spanier genehmigen würde, wenn Spa-

9*

nien und die Seemächte die Erbfolge Maria Theresia's
gewährleisten wollten. In der That kam es 1731
auf diese Bedingungen zu einem Vertrage in Wien,
und König Georg vereinte dann als Churfürst von
Hannover seine Bemühungen mit jenen Branden-
burgs, um auch auf dem deutschen Reichstage die
Garantie der pragmatischen Sanction durchzusetzen.
So hatte Prinz Eugen binnen vier Jahren ohne
Schwertstreich die Stellung Oesterreichs auf das
Glänzendste befestigt. Als er die Lenkung ergriff,
hatte man halb Europa gegen sich und keinen Genossen als das entlegene Rußland und das unzuverlässige
Spanien. Jetzt war nach aller menschlichen Voraussicht die Zukunft Oesterreich's gesichert. In Deutschland waren Bayern und Sachsen mit ihrem Widerspruch gegen Maria Theresia's Erbfolge völlig vereinzelt,
und wenn es in Europa der pragmatischen Sanction immer noch an der ausdrücklichen Anerkennung Frankreichs
fehlte, so stand dafür Oesterreich jetzt in formeller
Allianz mit Preußen, Rußland und den Seemächten; niemals, so schien es, hatte man weniger zu fürchten gehabt.

Prinz Eugen war damals im 70. Lebensjahre,
auf der Höhe seines Ruhmes und an der Grenze

seiner Kraft. Sein Körper hatte seinem Willen und
seinen Arbeiten bis dahin ausgereicht, war aber nicht
so robust, um ihn in ungeminderter Jugendfrische
sich bewegen zu lassen. Jetzt am Schlusse seiner
Tage sollte er noch eine Verwicklung erleben, wo gegen
seinen Rath die Gefahr heraufbeschworen und er
dann genöthigt wurde, wieder von den nöthigsten Mit-
teln entblößt, als der einzige Retter mit dem Schatten
seines Namens die Grenzen des Vaterlandes zu decken.

Der Wunsch der Kaiserin, ihre älteste Tochter
mit Franz Stephan von Lothringen zu vermählen,
war im Laufe der Jahre von der ganzen kaiserlichen
Familie adoptirt worden. Franz war der Sohn des
berühmten Türkensiegers, stand wie sein Vater in
österreichischen Diensten, war mit der jungen Erz-
herzogin zusammen erzogen worden und hatte sich
ihre zärtlichste Liebe erworben. Seit Jahrhunderten
war das Haus Lothringen mit Habsburg ebenso be-
freundet, wie mit den Bourbonen in tödtlichem Hader;
der junge Herzog war brav und stattlich, sonst aber
nicht eben eine glänzende Partie, da der größere Theil
seines Landes schon damals in französischen Händen
war: dem Kaiser war dabei gerade der Gedanke er-

freulich, daß in Folge der Heirath dieser lothringische
Rest in der Zukunft ein geharnischtes Vorwerk Oesterreichs im Herzen der feindlichen Grenzstellung werden
könnte. Dies war denn allerdings so einleuchtend, daß
auch in Paris nur eine Stimme darüber gehört wurde,
sobald die Heirath vollzogen werde, dürfe man selbst
den größten Krieg nicht scheuen, um Lothringen vollständig zur französischen Provinz zu machen. Der
alte Marschall Villars, Eugens naher Freund und
tüchtigster Gegner, sprach dies bei jeder Gesellschaft am Hofe unverholen aus; der leitende Minister,
der feine, friedfertige, ruhig würdige Cardinal Fleury
sagte es nicht, dachte es aber mit derselben Schärfe
und Präcision, allerdings mit der drückenden Besorgniß, bei Oesterreich's neuesten Allianzen sich dadurch
einen höchst gefährlichen Kampf mit halb Europa
aufzuladen. Nichts auf der Welt ersehnte er lebhafter, als daß der Kaiser seinerseits ihm einen Grund
oder Vorwand zum Angriffe liefern möchte, welcher
außerhalb der Bestimmungen der englischen oder preußischen Bündnisse läge, und ihm damit die Möglichkeit zur Isolirung Oesterreichs gewährte.

Diese Dinge waren in Wien keineswegs unbe-

fannt. Man war von feindseligem Mißtrauen gegen
Frankreich erfüllt: und gerade aus dieser Stimmung
heraus that man den Schritt, wie ihn Carbinal
Fleury sich wünschte, man that ihn in einer Weise,
wie sie Fleury nie zu hoffen gewagt hatte.

Im Jahre 1733 wurde die polnische Wahlkrone
durch den Tod König August II., Churfürsten von
Sachsen, erlebigt, und innere Parteiung und fremde
Umtriebe drängten sich um die Besetzung des glän-
zenden und morschen Thrones. Zwei streitende
Candidaten standen im Vordergrunde, auf der einen
Seite der Sohn des Verstorbenen, der neue Churfürst
von Sachsen, auf der andern Stanislaus Leszinsky,
der schon einmal die Krone getragen, 1709 aber durch
die Russen und Sachsen verjagt und späterhin
der Schwiegervater des Königs von Frankreich geworden war (eben seine Tochter war die wenig be-
neidenswerthe Braut, um derentwillen man 1725 die
spanische Infantin ihrer Mutter zurückgesandt hatte).
Schon vor drei Jahren hatten die benachbarten Mächte
die Frage in Erwägung gezogen, und zuerst hatten
Rußland und Preußen sich 1730 geeinigt, da jenes
den Stanislaus, dieses den sächsischen Prinzen nicht

mochte, es solle irgend ein polnischer Edelmann aus
dem Piastenstamme König werden. Auch in Wien
verabscheute man den Stanislaus als französischen
Schützling und den Sachsen als österreichischen Prätendenten, wußte aber keinen dem Kaiser bequemen polnischen Magnaten aufzufinden, und proponirte demnach
in Berlin und Petersburg als Throncandidaten einen
sehr harmlosen fremden Prinzen, den Infanten Emanuel von Portugal. Rußland war einverstanden; der
König von Preußen sah dazu anfangs keinen Grund, gab
aber endlich auch seine Zustimmung, als die Gesandten
der beiden Kaiserhöfe ihm dafür erneuerte Garantie
des bergischen Erbes und außerdem das Herzogthum
Kurland boten. Es zeigte sich jedoch, daß Seckendorff hinzu keine Vollmacht von seinem Hofe gehabt;
in Wien war man sehr ärgerlich, daß das bereits so
starke Preußen eine neue Vergrößerung erhalten sollte;
immer aber rieth Eugen, den wichtigen Bundesgenossen nicht durch die Verweigerung der Ratification zu
kränken. Allein er wurde überstimmt, der Vertrag
nicht bestätigt, und die Frage einstweilen vertagt, bis
sie durch den endlich erfolgenden Tod August II. zu
einer brennenden wurde.

Kaum war die Nachricht davon durch Europa gegangen, so gab Rußland den Polen die Erklärung, es werde den Stanislaus nicht dulden, sondern die Er- wählung desselben als Kriegsfall ansehen, Frankreich da- gegen verkündete nicht minder feierlich, es werde gegen jeden, welcher die polnische Wahlfreiheit verletze und gegen Stanislaus auftrete, die Waffen ergreifen. Nichts schien unter diesen Umständen für Oesterreich näher zu liegen, als von dem Handel so weit wie möglich entfernt zu bleiben; die Russen waren drei- mal stark genug, für sich allein die Partei des Les- cinsky niederzuschlagen, und Frankreich besaß durch- aus keine Mittel, ihnen etwas anzuhaben. Nun aber erschien eine sächsische Gesandtschaft in Wien, und bot dem Kaiser, wenn auch er die Wahl des Chur- fürsten in Polen unterstützen wolle, die Anerkennung der pragmatischen Sanction und den Verzicht Sach- sens auf alle österreichischen Erbansprüche. Das war ein Ton, schlechthin unwiderstehlich im kaiserlichen Ohre. Der Minister Sinzendorf erging sich in der Schilderung von Fleury's Friedensliebe, und war unerschöpflich in Beweisen, daß Frankreich seine Kriegs- drohung nicht ernstlich meine, Anstandshalber die

Wahl des Stanislaus befürworte, an Losschlagen
aber gar nicht denke. Ganz anders war die Ansicht
Eugen's. Auf das Ernstlichste rieth er, die Sache
nicht auf das Aeußerste zu treiben, den Franzosen
nicht durch polnische Einmischung zu liefern, was sie
am Meisten wünschen, einen Handel, bei dem Oesterreich auf keinen Bundesgenossen rechnen könne. Aber
der Kaiser war nicht zu halten; man schloß mit
Sachsen ab, erließ eine kategorische Drohung nach
Warschau, und stellte zur Unterstützung derselben einen Heerhaufen an der schlesischen Grenze auf. Nach
Berlin ging die Einladung zum Anschluß. Der König war ärgerlich genug, daß man ihn wieder einen
neuen Candidaten, und gerade den ihm widerwärtig-
sten zumuthe: aber, sagte er, ich bleibe bei dem Kaiser, wenn er mich nicht mit den Füßen wegstößt;
und sprach seine Bereitwilligkeit aus, wenn auch
Sachsen ihm den bergischen Erbanspruch und Kurland bewillige. Der Churfürst aber, der selbst zu
den bergischen Prätendenten gehörte, verweigerte Beides. Der König wandte sich darauf unmittelbar nach
Wien, und bot seine ganze Armee für den Rhein-
krieg, wenn der Kaiser ihm die sofortige Besetzung

Berg's gestatte. Allein Carl war jetzt völlig von Sachsen eingenommen, wollte dieses in der bergischen Sache nicht verletzen, und antwortete dem König äußerst kühl, es sei ganz ausreichend, wenn Preußen sein Reichscontingent, 10,000 Mann, aufstelle. Die Folge war eine tiefe Verstimmung in Berlin, sehr langsames Erscheinen der Zehntausend, im Uebrigen Zurücktritt Preußens zur Neutralität.

Cardinal Fleury beobachtete mit höchster Befriedigung diese Kette von Fehlgriffen. Auf diese eine Karte — er meinte die polnische Erbfolge — werde ich einige Königreiche gewinnen, pflegte er zu sagen. Während die Seemächte dem Kaiser eröffneten, daß in ihren Verträgen von Polen nichts vorkomme, und sie ihn seinem Schicksal überlassen müßten, wenn er um Polen's Willen in Krieg gerathe, sammelte Fleury Spanien und Sardinien durch die Aussicht auf italienische Beute um seine Fahne, und eröffnete im Sommer 1733 den Krieg durch einen lebhaften Angriff diesseits und jenseits der Alpen. Wohl überwältigten in Polen die Russen den König Stanislaus mit reißender Schnelligkeit, aber nicht minder unaufhaltsam überschwemmten die Franzosen ganz Lothrin-

gen und Bar, und zwang Marschall Berwick, von
Straßburg aus den Rhein überschreitend, Kehl zur
Ergebung, in Italien aber nahm Marschall Villars
Mailand und besetzte in einem Zuge außer Mantua
die ganze Lombardei, während ein spanisches Heer
von Parma und Toscana aus den Kirchenstaat durch=
zog und bis zum Mai 1734 ganz Neapel außer
Capua und Gaeta eroberte. An keiner Stelle waren
die Kaiserlichen zum Widerstande gerüstet; es fehlte
an Truppen und an Generalen, an Vorräthen und
an Geld; die Bedrängniß war ungeheuer, und in
einem Briefe nach dem andern schrieb jetzt der Kai=
ser dem Prinzen Eugen, daß er sich vor Allem, ja
einzig und allein auf seine Liebe, Eifer und zweck=
mäßige Anstalten verlasse.

Eugen war leidend den ganzen Winter hindurch,
aber ununterbrochen thätig für die Rüstungen; er
hielt die Gefahr für größer als irgend eine frühere,
aber kein Wort des Unmuths über die verblendeten
Rathgeber, die sie veranlaßt, kam über seine Lippen;
er wußte, daß die Mittel zum Kampfe höchst unge=
nügend sein würden, aber ohne einen Moment des
Zauderns erbot er sich freiwillig zur Uebernahme

des Oberbefehls am Rhein. Bei der Verstimmung
des Königs von Preußen, der halb feindlichen Hal=
tung Bayerns, der kläglichen Verfassung des sonsti=
gen Reiches, fand er dort ein Heer von 20,000
Mann; er war damit nicht im Stande, das von
Berwick belagerte Philippsburg zu entsetzen, hielt
aber in einer trefflich gewählten Stellung bei Heil=
bronn den vierfach übermächtigen Feind im Schach,
zog die allmälig eintreffenden Verstärkungen an sich,
und hinderte jede weitere Unternehmung der Fran=
zosen. Friedrich der Große, welcher damals einige
Monate in Eugen's Hauptquartier zubrachte, erklärte
später, daß die Ruhe dieses Feldzugs den Prinzen,
als dessen Schüler er sich zu bekennen stolz sei, nicht
weniger ehre als die Schlachten irgend eines frühern.
Im folgenden Jahre stellten sich die Dinge etwas
besser; das Heer wuchs mit Inbegriff eines stattli=
chen russischen Hülfscorps bis auf 130,000 Mann,
Eugen konnte die Feinde über den Rhein zurückdrän=
gen und auch auf dem linken Ufer einige Vortheile
an der Mosel erringen. Aber an die Wiedererobe=
rung Lothringens oder Neapels war dennoch nicht zu
denken. Im Frühling versuchten die Seemächte in Wien

eine Friedensunterhandlung zu vermitteln; der Kaiser lehnte anfangs ab und forderte dann Eugen zum Gutachten auf. Es ist die letzte größere Staatsschrift, die wir von dem Prinzen kennen; sie überschaut mit weitem und sicheren Blicke die Lage Deutschland's und Europa's, zählt die politischen Gefahren und die finanzielle Hülflosigkeit Oesterreichs mit unerbittlicher Klarheit auf, und ist vor Allem merkwürdig durch die nachdrückliche Bezeichnung des einzigen Heilmittels, zu welchem der Kaiser greifen müßte, wenn er sich nicht mit dem Hause Bourbon nachgiebig versöhnen wolle. Eugen findet es in der von München aus begehrten Verheirathung Maria Theresia's mit dem bayerischen Churprinzen, und der so zu erzielenden Vereinigung Bayerns mit Oesterreich. Ich brauche hier nicht zu erörtern, was vom bayerischen Standpunkte über den Vorschlag zu sagen wäre; auf dem österreichischen war der Werth desselben ganz unzweifelhaft. In der That wäre damit eine Ausdehnung der österreichischen Macht auf deutschem Gebiete erreicht worden, welche sowohl den Charakter Oesterreichs als der deutschen Reichsverfassung vollständig umgewandelt hätte: Oesterreich wäre durch eine solche Verstärkung seines deutschen Elementes gründlich germanisirt, Deutschland durch eine solche Verstärkung Oesterreichs gründlich centralisirt worden.

Kaiser Carl gab auf Eugen's Erörterung keine Antwort. Wohl machte sie einen tiefen Eindruck auf ihn: denn es mußte sehr schlimm stehen, wenn Eugen die Wünsche der kaiserlichen Familie für Franz von Lothringen so völlig aus den Augen setzte. Der Kaiser zauderte nicht länger; in der Alternative, die ihm Eugen gestellt, der bayerischen Heirath oder Nachgiebigkeit gegen die Bourbonen, entschloß er sich rasch, und machte seinen Frieden mit Frankreich. Darin überließ er Lothringen dem aus Polen vertriebenen Stanislaus und mithin den Franzosen, und trat Novara an Sardinien, und Neapel und Sicilien dem Infanten Don Carlos ab; hiefür räumte dieser Parma dem Kaiser und Toscana dem kaiserlichen Schwiegersohn Franz Stephan von Lothringen ein. So kamen die Bourbonen nach Neapel gegen Oesterreich's Willen, durch ein französisch-sardinisches Bündniß, unter offener Abneigung der (damals gut österreichisch gesinnten) Einwohner. Indem sie dafür Florenz und Parma herausgaben, war in Italien

die Einbuße für Oesterreich eigentlich nicht groß;
seine Herrschaft war dort weniger ausgedehnt als
früher, aber in sich zusammenhängender, sicherer und
besser abgerundet. Völlig unersetzt blieb nur auf der
deutschen Seite die Stärkung Frankreichs durch die
Annexion der lothringischen Lande. So zeigt sich ein
ähnliches Verhältniß wie bei dem Utrechter Frieden.
Damals erhielt man Straßburg nicht zurück, weil
man zu eifrig nach Spanien und Sicilien trachtete,
jetzt verzichtete man auf Lothringen, um für das ver=
lorene Sicilien wenigstens Toscana zu erhalten. So viele
Opfer waren nöthig, damit Franz Stephan die Hand der
Maria Theresia empfange. Wenn man im Vergleiche mit
diesen Ergebnissen sich die Folgen ausmalt, welche die
von Eugen unterstützte Vermählung Maria's mit dem
bayerischen Churprinzen herbeigeführt hätte, so ist es
unverkennbar, daß hiemit der Schwerpunkt aller
österreichischen Politik ebenso entschieden nach Deutsch=
land gerückt worden wäre, wie sich Carl's Vorliebe
nach Italien wandte. Man wird es aussprechen
können: trotz des Contrastes der physischen Abstam=
mung hatte Prinz Eugen geringeren Sinn für ita=
lienische, und lebhafteres Gefühl für deutsche Bezieh=

ungen, als der Kaiser des deutschen — oder sagen
wir richtiger, des heiligen römischen Reiches.

Der Frieden wurde zu Wien am 3. October
1735 geschlossen; unmittelbar nachher kehrte Eugen
nach Hause zurück. Im Felde war er wohlauf und
gesund gewesen wie seit Jahren nicht; in Wien be-
fiel ihn nach einigen Wochen sein altes Brustleiden
auf's Neue. Ein schmerzhafter Husten, der ihm das
Sprechen fast unmöglich machte, hielt ihn fest in das
Zimmer gebannt, und ließ den Winter hindurch die
ernsteste Besorgniß nicht zur Ruhe kommen. Mit
dem Eintritt des Frühlings besserte sich der Zustand,
Eugen konnte wieder Besuch empfangen, ausfahren,
seinen gewohnten Abendverkehr bei der Gräfin Bat-
thyany erneuern. Am 20. April 1736 hatte er Gäste
bei sich zu Tische, ging heiter jeden Ankommenden
entgegen, und geleitete die Abschied Nehmenden bis
zur Thüre. Abends spielte er bei der Gräfin bis
neun Uhr Piquet. Man bemerkte, daß ihm das
Athemholen schwer wurde, doch lehnte er, nach Hause
zurückgekehrt, ein vorbereitetes Medicament ab, es
habe Zeit damit bis morgen. Um Mitternacht sah
ihn der Diener in ruhigem Schlafe, und zog sich

leife zurück. Am folgenden Morgen blieb es still in dem Zimmer; nach langem Warten drangen die Leute ein, und fanden den Prinzen in ruhiger Körperlage mit heiterem Ausdruck der Züge, leblos im Bette. Eine Lungenlähmung war eingetreten; in sanftem und schmerzlosem Tode war er hinübergegangen.

So endete dieser mächtige, große und gute Mensch.

————

Druck von Dr. C. Wolf & Sohn.